圏外捜査

特命捜査対策室・椎名真帆

角川文庫
23216

目次

刑事 I 6
殺意 I 47
刑事 II 50
殺意 II 89
刑事 III 96
殺意 III 132
刑事 IV 148
殺意 IV 188
刑事 V 192
殺意 V 214
刑事 VI 220
殺意 VI 253
刑事 VII 265
殺意の在処 278
刑事の視線 292

主な登場人物

椎名《しいな》真帆《まほ》　荻窪東《おぎくぼひがし》署の刑事
古沢《ふるさわ》和夫《かずお》　同・刑事
新堂《しんどう》雄一《ゆういち》　同・刑事　班長
吾妻《あづま》健人《けんと》　同・刑事　真帆の相棒
椎名《しいな》曜子《ようこ》　真帆の伯母《おば》　洋品店経営・占い師
相沢《あいざわ》博之《ひろゆき》　真帆の父親　元警察官
重丸《しげまる》麻子《あさこ》　警視庁刑事部捜査一課　特命捜査対策室　第七係　係長
有沢《ありさわ》香織《かおり》　警察庁刑事局　刑事企画課より出向中
森田《もりた》早紀《さき》　専門学校生　被害者
森田章子《しょうこ》　早紀の母親
山辺《やまのべ》弘樹《ひろき》　フリーター　被疑者
山辺千香《ちか》　被疑者の姉
井上《いのうえ》博己《ひろみ》　大学生

その拙《つたな》い線画は、パソコン内にある捜査資料の最終ページに描かれていた。

紙資料の作成時にできたインクの染みか、スキャンする際に紛れ込んだ塵《ちり》のようなものだと思い、真帆《まほ》は一旦《いったん》そのファイルを閉じた。

そのまま手を止めずに、素早く確認済みフォルダに放り込めば良かったのだ。

そうすれば、後《のち》にその事案に振り回されることなどなかったのだから。

刑事 I

朝から続いていた頭痛は、正午近くになっても治まらなかった。

就業開始からすでに3時間が経つ。

乾燥した室内にはパソコンのキーを叩《たた》く音だけが響いていて、その途切れのない不快な音が頭の芯《しん》に突き刺さる。

鎮痛剤の効果も、そろそろ薄れてくるころだ。

熱はないが、暖房が効きすぎる室内はそれでなくても居心地が悪い。

『……暗黒の海を漂う難破船が見える。目指す陸地は遥《はる》かに遠い』

伯母《おば》の曜子《ようこ》が占う〈水晶占い〉の結果は、今朝は最悪だった。

可もなく不可もない言葉は耳を素通りするが、どちらか極端な言葉は一日中頭の隅にこびりついてしまう。

〈目指す陸地は遥かに遠い……か〉

左斜めにある広い窓からは冬晴れの空が見え、一刻も早く新鮮な外気の中へ飛び出したいと真帆は思う。

早く一日が終わればいい……。

真帆は、今日のラッキーカラーだという群青色のハンカチで額の汗を拭《ぬぐ》った。

忙《せわ》しなくキーの音を立てているのは、真帆以外の刑事二人。

そのうちの一人が手を止め、訝《いぶか》しげな目を向けてきた。

「椎名《しいな》くん、何ぼうっとしてるの……朝ご飯食べてこなかったの？」

小学校の担任のようなセリフを吐いたのは、係長の重丸麻子《しげまるあさこ》警部補だ。

警察官名簿の生年月日から計算すれば、今年で四十五歳になる。

荻窪東署《おぎくぼひがし》から警視庁に出向が決まった時、所属していた強行犯係の新堂《しんどう》班長から、重丸の噂は聞いていた。

『俺の同期の中で一番優秀な刑事だ。刑事としての勘は一流なんだが……』

その気性の激しさから、刑事課では『トラ丸』と呼ばれていると、新堂は笑った。

新米刑事を顎《あご》で使い、上司に捨て身で歯向かうことを厭《いと》わない、とも。

だが、幸い真帆はまだそういう重丸の姿を目にしたことはない。

真向かいのデスクから、真帆より少し前に異動してきた女がチラリと目を向けてきた。

「椎名巡査、珈琲《コーヒー》まだありますよ」

有沢香織《ありさわかおり》警部。

警察庁刑事局より出向中のキャリアで、真帆より三歳下の二十七歳だ。

腰を浮かせる有沢を制して、笑顔を返す。

「大丈夫。ちょっと昨夜《ゆうべ》夜更かししちゃって……」

珈琲当番が有沢の時は、真帆が二杯目を飲むことはあまりない。

有沢の背後にある小さなキャビネットの上に、かなり古いドリップ式の全自動珈琲メーカーがある。毎朝その日の珈琲当番が淹《い》れるのが決まりだが、同じ珈琲豆を使い、粉と水の分量も決まっているにもかかわらず、どういうわけか三者三様の味になる。

有沢の淹れる珈琲は、その性格を表すように、硬いと真帆は感じている。

「椎名くんは気楽でいいわよねえ。独身で実家暮らしって……無職になっても何とかなるしなぁ……いいなぁ」

重丸の独り言のようなセリフには、三日で慣れた。

彼女の淹れる珈琲は、後味に渋さが残る。

半分以上は思い込みだと分かってはいるが、最近はその思いを強くしていて、当たり前だが、真帆には自分が淹れたものが一番口に合う。

珈琲通とは言い難いが、職場での朝イチの珈琲が美味《おい》しくないと、なぜか体のどこかに一日中不快感が残る。できれば、まろやかな珈琲で朝のスタートを切りたい。

マグカップの中の、飲みきれずに冷めてしまった珈琲を見つめ、真帆はそっとため息を吐いた。

〈私ってば、何で、ここにいるんだろう……〉

真帆が、荻窪東署から警視庁捜査一課に異動を言い渡されたのは、この冬の初めだった。

通常の異動ではなく、人手不足と言われる捜査一課への短期出向だ。

『労働を伴う修学旅行だと思って、現場の頂点の雰囲気を味わって来い！』

新堂からは、都内で発生する凶悪犯罪捜査の補佐と聞いていた。具体的には一課と所轄署の刑事との仲立ちが主な役割だということだった。

合同捜査本部が設けられる大事件以外は、事件現場を管轄する所轄署に捜査本部が設けられる。都内で発生した事件であれば、当然本庁から管理官や刑事が出張るが、それらの刑事は若手が多く、所轄署のベテラン刑事とは認識のすれ違いが生じやすい。

『お互いのプライドが邪魔をして、それが事件解決を遅らせる原因になることもあるんだ。椎名はそういう余計なもんは持ち合わせていないだろう？』

確かに、余計かどうかは別として、真帆は階級や評価にはあまり関心がない。

刑事は刑事。本庁勤務であろうと所轄署勤務であろうと、職務は犯人検挙と事件解決ということに変わりはない。

真帆は、学生時代から公務員になろうとは決めていたが、警察官になり、しかも刑事になることを目指していたわけではなかった。

本来は『警察行政職員』を目指していた真帆が、ネットの警視庁公募サイトで申し込みをしたのは、『警察官採用試験』だった。一次試験の内容はどちらも同じようなものだったため、二次試験の面接までその違いに気付かなかったのだ。

人生には、〈あり得ない勘違い〉というものがある。

四年前に亡くなった伯父《おじ》は、そう言って笑い、曜子は『どっちでも良いじゃない、警察署に勤めることには違いないんだし。お給料はどっちが良いの？』とシビアな目で聞いたっけ……。

そんな伯父夫婦に育てられたおかげか、一時は自分の迂闊《うかつ》さに落ち込んだものの、すぐに警察官としての日常に慣れて行った。

『女はいいよな。出世しても潰《つぶ》されるのがオチだから、はなからそんな欲はないだろ？』

新堂班の同僚である吾妻健人《あづまけんと》巡査は、ことあるごとに同じような言葉を重ねる。吾妻は春に巡査部長への昇任試験を受けたが、結果は不合格だった。

一時は休暇を取るほど落ち込み、出世という言葉に必要以上に敏感になっているようだった。

同い歳ということもあり以前から真帆をライバル視していたが、幾度か捜査のコンビを組むことで、今では同僚というよりいとこ同士のような距離感になっている。

猪突《ちょとつ》猛進の真帆を異物扱いにしていたベテラン刑事たちも、次第に真帆の存在を認めてくれるようになっていた。

ようやく新堂班が居心地の良い職場となり、平穏な日々が続いていたのだが……。

新堂から告げられた本庁への出向は、少し、否《いや》、かなり気が重かった。

『いつでも帰って来ていいんだからな』

新堂の言葉を真に受けるほど子どもではない。

刑事としてのプライドというより、真帆にもそれなりの意地はある。

ひと月前のあの朝──。

庁舎に向かう人波の中で立ち止まり、思わず見上げた灰色の牙城《がじょう》は、真帆の奮い立つ心と緊張感を鎮めてくれた。

モノトーンの世界に、堂々と聳《そび》える正義の象徴……。

その上空から無数の雪が舞い降りてくる光景を、真帆は忘れてはいない。

刑事になれば、そのほとんどが一度は警視庁捜査一課への配属を望むだろう。

いわゆる、刑事の世界での〈花形〉であるから。

吾妻には『ヘマやらかして、うちの署の評判を落とさないようにしろよ』と、キレ気味に言われ、古参の古沢《ふるさわ》巡査には『エリート刑事の一人くらい捕まえてこいや』などと冷やかされた。

けれど……。

捜査一課で真帆を待ち受けていたのは、想定外の職場環境だった。

刑事部捜査一課　特命捜査対策室　第七係。

人事部係長を訪ね、渡された辞令書にある［特命捜査］という文字に、真帆は改めて心が躍った。

特命捜査とは、主に過去の未解決凶悪事件の継続捜査をすることだと認識している。

捜査一課に向かうために満員の上りエレベーターに乗り込むと、ドアが閉まる寸前に若い女が飛び込んで来た。

『椎名巡査ですね？　ご案内します』と、女は真帆に顔を向けて早口で囁《ささや》いた。

それが有沢との最初の出会いだった。

人事部に真帆を迎えに行くよう、直属の上司から言われたという。

〈見学者じゃあるまいし、捜査一課の場所は分かっているのに……〉

真帆の疑問はすぐに解けた。

一課のある階で降りかかった真帆を、有沢が制止した。

『七係は八階にあります』

降り立った八階のエレベーターホールに人の姿はなく、嫌な予感がした。

案内されたのは、仮眠室や備品倉庫が並ぶフロアの北側にある一室だった。

『係長、お連れしました』

有沢の後に続いて部屋に入ると、正面のデスクに突っ伏している人影が見えた。

それが係長の重丸だった。

重丸はむっくりと上体を起こし、真帆に向かって片手を上げた。

『荻窪東署から出向しました椎名です。よろしくお願いいた……』

『有沢くん、後は頼むわ』

真帆の言葉を遮り、重丸は再びデスクに突っ伏した。

『係長、徹夜したらしいです』

有沢は自己紹介をした後、重丸を目で指しながら小声を出した。

『徹夜するほどハードな事案が……？』

真帆も小声で尋ねると、有沢は即座に首を左右に振った。

『上の娘さんが、来春お受験なんです。勉強に付き合わされたらしいです』

有沢は色のない声で言うと、どうぞ、という感じで右奥のデスクを指し示した。

スタンドライトとパソコンが載った殺風景な事務机に、小さな袋菓子が見えた……。


「有沢くん、今日のオヤツ何？」

昨夜も娘の勉強に付き合ったのか、重丸は大欠伸《おおあくび》をしてから涙の滲《にじ》んだ目を有沢に向けた。

珈琲《コーヒー》サーバーの横に小さい籐籠《とうかご》があり、終業までに一人につき百円玉を二つ入れることになっている。計六百円。繰り越しの残金も含めることも許されており、翌日の珈琲当番がその金でオヤツを用意するという決め事だ。

誰が言い出したのかは分からないが、最初にこの部署ができてからの慣習らしい。それだけ暇な時間があったということで、現在もそれは変わらない。

「係長がお好きなエイトワンのシュークリームです」

あら、と重丸の目が輝き、速攻で席を立つ。

「これって三百円近くするよね。そんなにお金残ってたっけ?」

「あ、不足分は私のポイントで……」

二人の会話を聞きながら、真帆はまたひとつため息を吐いた。

重丸は倹約家らしく、一日に数回は何かの金額の話をする。

家賃、光熱費、税金、教育費……出番が多いのは食費だ。

重丸は小学生の姉妹の母親だということを知った時、真帆は彼女がシングルマザーなのかもしれないと思ったが、有沢からの情報によれば、大学時代に結婚したれっきとした夫がいるらしい。

『ただ……ご主人は漫画家とかいうことで、収入は不安定らしいです』

重丸は長年一課の敏腕刑事として活躍していたが、一年ほど前に葛飾《かつしか》区で起こった強盗傷害事件の被疑者確保の際、重丸の判断ミスが原因で若い警官が負傷。その後警官は後遺症により退職せざるを得なくなり、その責任を問われた結果が七係の係長というポストだったという。

特命捜査対策室第七係への異動は、いわゆる〈捜査外し〉や〈島流し〉と言われるうちのひとつであることは間違いない。

仕事は過去十数年間に発生した凶悪犯罪のうち、未解決事件となっている捜査資料の整理だ。

具体的には、未解決事件の捜査資料を読み、その中の捜査内容を再確認するのが主な仕事だ。ＰＤＦで保存された年度別の捜査資料だが、紙資料を作成する時点での誤変換や、時系列の矛盾点などが見つかることがある。

『地味～な仕事だけれど、下手なミステリー小説なんかよりずっと面白いし、頭の体操にもなるわよ』

重丸の言葉どおり、ひと月が過ぎようとしている今でも慣れることはなく、苦痛に感じるほど退屈な日々が続いていた。

学生時代は警察の事務方を望んでいた真帆だが、ここ二年近くの現場仕事で、デスクワークよりも身体を使って働くことが自分には向いていることを実感していた。

それなのに……。

真帆はまたしても自分の希望と真逆の仕事に就くことになった不運を呪う。

『有沢警部も椎名巡査も、もちろん私もここでは同等。三人で仲良く働きましょうね』

初顔合わせで重丸が言ったセリフを思い出す。

どこが〈トラ丸〉か、とあの時も思ったが、その目の奥に、捕らえた獲物を見つめるようなシビアな光が漂っていたことを忘れてはいない。

今、その目が齧《かじ》り掛けのシュークリームをじっと見つめている。

「これ、何だかクリームが少なくなった気がするわ……実質上の値上げね。同じ値段なら〈午後の贅沢《ぜいたく》プリン〉の方がいいわね……」などと呟《つぶや》いている。

ですよね……と、真帆は軽く笑い、同意を求めて有沢に顔を向けてみる。

無駄な努力と分かっているが、職場は楽しく明るい方が良い。

が、有沢は無表情のまま仕事の手を休めることはない。

〈どうしたら、あんなふうに一日中笑わないでいられるのだろう……〉

警察庁勤務の有沢の出向は、捜査現場の経験値を積むというのが表向きの理由だが、何故か現場とは程遠いこの閑職に回されていた。

キャリアとはいえ、年齢からイマドキの軽いノリの女子かと思いきや、四十過ぎの分別を身に付けたかのような堅物だった。

『小さな犯罪も決して見逃さず、世の中の正義を守ることが警察官の使命であり、市民の安心安全な暮らしのために私欲を捨てて働くことが重要であると考えます』

初対面時に毅然《きぜん》と言い放った有沢に、真帆はしばし言葉を失ったことを思い出す。

小柄な真帆とは10㎝の差はあるだろう、キリリとしたスーツ姿。化粧は薄いが、目鼻立ちのはっきりとした、いかにも都会人らしい垢抜《あかぬ》けた雰囲気の有沢に、うっかり見蕩《みと》れてしまったことも同時に思い出す。

なにも刑事になんかならなくても……。

真帆はうっかり刑事になってしまった自分とつい比較してしまい、同じ空間にいるのが申し訳ないような気分になる。いや、正直言えば、息苦しい気分の方が勝っている。

真帆が刑事になってしまった経緯を話したら、この有沢はどんな顔をするだろうと想像する。軽蔑《けいべつ》されることは勿論《もちろん》の事、おそらく二度と口を利いてはくれないかもしれない。

そんな有沢とコンビを組まされ現場の捜査に出向くことを想像すれば、この死ぬほど退屈な時間をやり過ごすことの方がずっと幸せかもしれないと思っていた。

〈ああ……交通課に戻って思いっきり違反車の切符切りしたいなあ〉

またしても頭の芯《しん》が疼《うず》き始め、真帆は鎮痛剤を口に含み、ペットボトルの水で飲み込んだ。

「椎名くん、体調が悪いんだったら早退する？　どうせ暇なんだから」

再び珈琲を注ぎに席を立ちながら、重丸が真帆に顔を向けた。

「いえ、大丈夫です。すみません……」

決まったノルマはない。三人で一日およそ二十件の事案の再確認というペースだ。そのうち半分は有沢がこなしている。

その有沢のスピードに、真帆が追いつくことは不可能に近い。

重丸は昼休みまではデスクに向かっているが、午後には退席することが多かった。年末も近くなり、一課や二課の各係長たちとの連絡会議や近場の所轄署長との懇親会が頻繁にあるということで、そのまま終業時間まで戻らないこともあった。

今日もおそらく、昼休みから重丸は退席するだろうと真帆は思った。

午前中にオヤツを食べてしまう日は、必ず午後には姿を消すからだ。

案の定、重丸は昼休みの開始時間にバッグとコートを持って席を立った。

ドアが閉まった途端、真帆は何気なく有沢と目を合わせた。

「係長って大変なんだね。こんなに頻繁に会議って、所轄じゃ考えられないわ」

「とりあえず会議と言っておけば、実際には何をやってても問題にはされませんからね」

低い声を出して、有沢の片方の口角が僅《わず》かに引き上げられた。

初めて見る有沢の笑顔だった。

頭痛は午後も続き、登庁時に購入していた昼食のお握りを狛江《こまえ》の自宅まで持ち帰ることになった。

「あら、お昼にこんなモン食べてるの？　お弁当作ればいいじゃないの」

唐揚げが二つ添えられたお握りのパックを見て、伯母《おば》の曜子が呆《あき》れたような声を出した。

今夜のシチューは、生協のレトルトにブロッコリーを加えたものらしい。

牛乳を少し多めに入れたらもっと美味《おい》しいかもしれない、と真帆は思う。

「お弁当なんて、夕ご飯の残り物に、焼いたウィンナーや昆布の佃煮《つくだに》とか詰めればいいのよ。あ、冷凍の卵焼きとか買っておこうか？」

真帆は曖昧《あいまい》に笑い返し、パックから取り出したお握りを齧る。

問題はおかずではない。

曜子の提案は、あくまでも真帆自身が弁当を作る前提だ。そんな時間があれば、1秒でも長く寝ていたい。元々朝には弱い。低血圧のためもあるのか、午前中は脳の半分しか機能していないのかと思うほどだ。

高校生の頃は、曜子が毎朝弁当を作ってくれていた。

女の子が喜ぶようなお洒落《しゃれ》な見た目ではなく、どのおかずもぼんやりとした味だったが、弁当とはそんな物だろうと思っていた。

曜子は料理が得意ではないと知ったのは、同じクラスの女子と面白半分に弁当を交換した時だった。どちらが言い出したのかもう覚えてはいないが、その友人は真帆の弁当を半分ほど残し、真帆は完食したことをはっきりと覚えている。

友人の弁当は絶品だった。見た目も味も、真帆の弁当とはまるで違う世界の物に思えた。食べ物であれほど感動したのは初めてだった。

それを曜子に伝えた翌日から、真帆の弁当は五百円玉ひとつに変わった。

本当の母娘《おやこ》のように暮らしていても、伝えて良いことと悪いことがあることに、真帆はその時気付かされた。今では笑い話のひとつになってしまったが、その後も曜子の弁当には滅多にお目にかかれない。

「で？　今日は一日どうだった？」

曜子の問いは、占いの結果のことだ。

毎朝占う水晶占いは、伯父《おじ》が亡くなった数年前からずっと続いている。

「難破船が目指す陸地は……遥《はる》かに遠い……だっけ？」

曜子が占いを始めた当初は家を出た瞬間から忘れてしまっていたが、最近は一日中頭の隅に貼り付いている。

「何か悩みがあったとしても、解決には少し遠いということよ」

「別に……可もなく不可もなく、つまんない一日だったよ」

真帆はシチューに醤油《しょうゆ》を少し垂らし、ため息混じりに答えた。

〈……まあ、いつもよりは刺激があったけれど〉

頭の中で呟いた言葉を聞いていたかのように、「遠からずどこかに辿《たど》り着くまでは流れに任せて大丈夫ってことじゃないかな」と、曜子が笑った。「得意でしょ、真帆はそういうの」

食後の洗い物をしていると、曜子の携帯電話がけたたましい音を立てた。

ガラケーの着信音は、カラオケで良く流れる昭和《しょうわ》のポップスだ。もう少し音量を下げて欲しいと思うが、本人には言い出せないでいる。

曜子が経営する階下の洋品店の客たちの相談事や、占いの館《やかた》からの連絡など、曜子のガラケーはしょっちゅう音を立てる。

数少ない洋品店の客へのサービスで始めた水晶占いだが、《良く当たる占いのおばちゃん》と誰かがSNSで書き込みをしたおかげで洋品店はそれなりに繁盛し、近隣の占いの館に出張したりもするようになっていた。

「ねえ、真帆！」

手元の水の音で、何度か名前を呼ばれたことに気付かなかった。

振り向くと、ガラケーのスピーカーを押さえた曜子の困惑顔があった。

一瞬で、電話をかけてきたのは父の博之《ひろゆき》だと察した。

嫌な予感がした。博之は先月、狛江市の健康診断で肺機能の異常が見つかったと聞いていたからだ。

「お父さん？　何かあったの？」

「……紹介したい人がいるから、真帆は週末いるかって」

「は？　そんなの……まだ分かんないよ」

そうよね……と、曜子も複雑さを隠せない声で呟《つぶや》くと、テレビの音量を下げてソファに腰を下ろした。「あのね……」

背後に曜子の声を聞きながら急いで洗い物を済ませ、曜子が電話を切る前に三階の自室に駆け上がる。

部屋の中はしんと冷えていて、混乱した頭の中を鎮めてくれるようだった。

父の博之には最近になって交際を始めた女性がいるらしいと、曜子からは聞いていた。

その時は、母が亡くなってすでに二十年以上も経つことから、そんなこともあるだろうと思っただけだったが……。

〈ま、どうでもいいけど〉

考えても仕方がないことからは、すぐに頭を切り替える癖が付いている。

それが、幼少時に患った「解離性健忘」と関係があるのかどうかは分からなかったが、自分では良い癖だと思っている。

母の悠子《ゆうこ》は、真帆が八歳の夏、家に押し入った少年に刺殺された。

その時の母の姿も、声も、覚えてはいない。そして、それ以前の両親の顔や暮らしの記憶も、未《いま》だ空白のままだ。

当時、警察官だった父の博之は、それから二十年以上犯人を追い、真帆は伯父夫婦に育てられた。伯父は四年前に鬼籍に入り、それ以来、曜子との二人暮らしが続いている。

博之は今年の夏、犯人の身柄確保に一役買い、今は隣町に一人で暮らしていた。

博之には真帆が知らない日常がある。当たり前のことだが、僅かに胸が痛む。

オイルヒーターを点《つ》け、パジャマに着替えてベッドに入る。

少しして頭に浮かび上がったのは、昼休みに交わした有沢との会話だった。

重丸の姿が消えた後、真帆は思い切って、有沢をランチに誘ってみた。

頭痛は鎮痛剤のおかげで少し遠のき、重丸について有沢が言った言葉と、彼女が初めて見せた笑みの意味を追求したくなったからだ。

けれど、有沢はあっさりと拒否し、『朝食をしっかり食べるので、お昼はいただきません』と、もう笑顔を見せることはなかった。

昼休み時に部屋で食事をするのは真帆だけで、重丸はもちろんのこと有沢も外出するのが常であり、てっきりどこかでランチを食べているのだろうとずっと思っていた。

有沢は、運動のために皇居周辺を散歩するのが日課で、雨天時は近くの中央合同庁舎にある法務図書館で読書をするのだと言った。

それにしても……。

重丸の外出の理由を疑うような言葉と、あの不思議な笑みは何だったのだろう……。

有沢は自分より十日ほど前に七係に異動したと聞いていた。

その間に、上司の行動から何かを察知したのだろうか。

それとも、異動になる前から知っていた……？

そして、肝心の、重丸の外出の理由は……？

同じ言葉だけがぐるぐると頭の中に現れては消えて行き、代わりに、頭の後ろに追いやったはずの博之の顔が、闇の中に浮かび上がった。

慌てて、胸で十字を切って目を閉じる。

クリスチャンではないが、子どもの頃からのおまじないだ。

悪い夢を見ないためと、悪い事を思い出さないために。


翌朝の占いの結果は、おみくじでいえば小吉か。

『何もない草原の向こうから一頭の馬が近付いてくる……』

そこまでは覚えているが、後に続いた曜子の言葉は、電車に揺られるころにはすっかり忘れていた。

ラッキーカラーは覚えている。

薄桃色。つまりはピンクということだろうが、真帆にピンク色の所有物はひとつもなかった。

霞ケ関《かすみがせき》駅の売店を通る時、その色に似た小さな折り畳み傘が目に入ったが、わざわざ買う気にはならなかった。

始業時間が過ぎても重丸は現れず、室内には有沢と二人きりの気まずい空気が流れていた。

今日の珈琲《コーヒー》当番は真帆で、オヤツはコンビニで買った小さい焼き菓子だ。

豆は先週お気に入りの店で買ったモカブレンド。

誰もが好むだろう一般的な豆だが、やはり自分で淹《い》れた珈琲には安心感がある。

昨日の頭痛が嘘のように消えていたこともあるが、この息苦しい時間をやり過ごすには、仕事に熱中するしかないと思った。

珈琲と気まずい空気のおかげか、真帆の仕事は普段より快調に進み、まだ昼休みには2時間もあるというのに三件の資料を読み終えた。

江東区《こうとう》の傷害致死事件の資料整理を終え、パソコン内の次のファイルを開く。

表紙に《府中《ふちゅう》専門学校生ストーカー殺人事件》とある。

「またストーカー殺人か……」

数日前にも似たような事件の資料を読んだ覚えがあった。

「去年の十二月……やだ、クリスマスイブじゃん」

「府中の事件ですか？」

真帆の大き過ぎる呟きに、有沢が珍しく反応した。

「え？　そうだけど……覚えてる？」

顔を上げて有沢と目を合わす。

「ええ。若い女の子が長い間ストーカーされていた挙句、その男に殺された事件です。被害者の父親がちょっとした有名人だったから、一時、ネットで大きく取り上げられたんです」

「そうだったっけ……」

町田南《まちだみなみ》署の交通課に勤務していた頃だが、真帆の記憶は薄い。

ふうん……良く覚えてるね、と感心したように相槌《あいづち》を打って続く言葉を待つが、有沢はすぐに視線を手元に戻してキーを叩《たた》き始めた。

〈あ……そこはスルーか〉

慣れてはきたものの、やはり有沢とは相性が悪過ぎると思いながら、真帆も手元の資料を読み始めた。

《府中専門学校生ストーカー殺人事件》

昨年末、東京都あきる野《の》市の秋川《あきがわ》渓谷の崖下《がけした》で、若い女性の遺体が釣り人によって発見された。

遺体は数メートル上の崖から転落した墜落死とみられたが、首に手で絞められた痕《あと》が薄く残っており、絞殺された可能性もあった。解剖の結果、何者かに頸部《けいぶ》を圧迫された後に崖から転落し、岩に頭部を打ち付けたことによる失血死と断定されたが、遺体の右手人差し指の爪から微量の皮膚片が検出され、転落前に争った犯人のものの可能性が高かった。

被害者は森田早紀《もりたさき》。十九歳。当時は府中市在住の美容関係の専門学校生。

身元は、所持していたショルダーバッグ内にあったスマホから判明。通信履歴は解析されたが、事件に繋《つな》がるような履歴は無かった。

初動捜査で嫌疑がかかったのは、被害者の知人男性である無職の山辺弘樹《やまのべひろき》。二十四歳。事件発覚の翌日、同じく府中市にある自宅に事情聴取のために捜査員が出向くも、山辺はすでに逃走した後だった。

その後、室内から押収した遺留物と、被害者の爪に残された皮膚片のDNAが一致し、山辺は殺人及び死体遺棄の容疑者として全国に指名手配された。

山辺は事件の半年前より被害者に対しストーカー行為に及んでおり、被害者から事件の五ヶ月前に、府中西町《にしまち》署に被害届が出されていた。

捜査本部は同じく府中西町署に設置され、のべ数十人の捜査員が山辺の行方を捜索していたが足取りは摑《つか》めず、事件から十ヶ月後の十月二十一日、三鷹《みたか》市のビジネスホテル「ホテル・花カイドウ五〇二号室」にて首を吊《つ》った状態で発見され、死亡が確認された。

事件は被疑者死亡のまま書類送検、不起訴処分となった。


「事件前に被害届を出していたみたいだけど、所轄はすぐに動かなかったのか……?」

読みながら呟《つぶや》くと、意外にも有沢がすぐに声を出した。

「事件が起こってからじゃないと、所轄は本気で動きませんよ。もちろん警視庁もですけど」

顔を上げると、有沢も真帆と視線を合わせて言葉を続けた。

いつもは白い頰が僅《わず》かに紅潮している。

「警告や禁止命令を出してくれたらマシな方ですが、そんなもの、実際に役に立つのは稀《まれ》ですよ」

「……そうなんだ」

内容よりその言い方に真帆は違和感を覚えたが、有沢はまた手元のパソコンに目を戻して口を閉じた。

「でも、これって、一応解決済みの事案よね……」

被疑者死亡のまま不起訴ということは、捜査終了を意味する。

何故、未解決事件のフォルダに……？

独り言を呟いたつもりだったが、有沢が口を開いた。

「時々そういうミスはありますよ。私、被疑者がすでに収監中の事案を見つけたことがあります……けっこういい加減ですよ」

だから、この七係があるんでしょうけれど……と、有沢は顔も上げずに言った。

真帆は会話を諦《あきら》め、再び捜査資料を読み始めた。

被害者と被疑者、二人の出会いは事件の八ヶ月前。

森田早紀がアルバイトを始めたコンビニで、その数週間前から勤務していたのが山辺弘樹だった、との記載がある。

「被害者の父親が有名人って言ってたけど、バイトの目的はお小遣い稼ぎってとこか……被疑者の男は正社員？」

「詳細は、その資料よりこちらの方が分かりやすいと思います」

返事をするのが面倒になったのか、有沢から真帆のタブレットにウェブサイトのURLが送られて来た。

《真冬の事件簿・掲示板》

事件直後の、出版社が運営するニュースサイトの記事だ。

そこには、警察発表にはない週刊誌レベルの情報が溢《あふ》れている。

早速読み始めると、有沢の言ったとおり、二人それぞれの人間関係などが書かれていて、家族のプライバシーなどもあからさまになっている。

「こんなに個人情報が流出してるとは思わなかった……」

「全部が全部、本当のこととは限らないですけど、八割くらいは信用して良いと思います」

普段の真帆は、ネットニュースはたまに暇つぶしで流し読みをするだけで、滅多に真剣に読む事はない。だが、有沢の助言は良く分かった。

記事やコメントの書き込みを丁寧に読んで行くと、確かに、捜査資料からは見えなかった二人の人物像が浮かび上がってくる。

高校時代の卒業写真と思われるそれぞれの写真もあり、早紀と中学時代からの同級生が記者のインタビューに答えた言葉も載っていた。

――高校時代の被害者はどんな人でしたか？
《サキは中学校の時からちょっと問題があったんです。万引き癖っていうのかな。何度かスーパーやコンビニで万引きして補導されたりして……高校に入ってからは、そういうことはなくなったらしいけど、隣町の不良グループの一人と付き合っていたみたいで、しょっちゅう外泊していると笑っていたのを覚えています》
――家は裕福ということですが？
《父親がけっこう厳しいらしく、お小遣いも少ないからバイトしなければ遊べないといつもボヤいていました》
――犯人の山辺の話はしていませんでしたか？
《高校卒業からは、あまり付き合いはなかったんですけど、事件の数日前に電話が久しぶりに来て、ヤバい男につきまとわれているけど、もうすぐ解決できそうだって》
――それは山辺のことですか？
《さあ。名前は聞かなかったんですが、そうだと思います。早紀には本命のカレシがいるみたいなことも言っていましたから》
記事へのコメント欄を見てみると、四千件近くの書き込みがある。
誰もが自由に書き込めるため、個人への誹謗《ひぼう》中傷が問題になることが多いが、最近はサイト運営会社の規制がかかっていて、内容次第ではすぐに削除される。

《被害者の子の父親って、「ニュース@セブン」に出ているゲストコメンテーターのK大教授だよね》
《カツラ疑惑のある社会心理学の教授！　オレも講義に出たことあるけど、けっこう面白い。でも、単位はなかなかくれないよ》
《娘が殺されて気の毒だが、この人、事件の三日後にテレビにフツーに出演していてビックリした》
父親は民放テレビ局の19時からのニュース番組にコメンテーターとして出演していて、その語り口と風貌《ふうぼう》で主婦層に人気のある大学教授とあるが、真帆はその存在すら知らなかった。
《けっこう父親の躾《しつけ》が厳しくて、中学くらいから荒れてたらしいよ、この子》
《心理学の先生でも、娘の育て方には失敗したってこと？》
それらの書き込みの大半は、早紀とその父親に関するものだったが、一件だけ母親について書き込まれた短いコメントを見つけた。
《被害者は、母親の連れ子らしいよ》
《連れ子ってことは、あの教授は継父《ままちち》ってこと？》
《実の娘じゃないから、平気でテレビに出られたんですね。なるほどです》
それ以降も父親に関するコメントで、多くは、その気障《きざ》な物言いや振る舞いに対する批判的なものだ。

〈母親は再婚だったのか……〉

だが、父親に関する悪意のあるコメントを、これ以上読みたくはなかった。

重丸が以前言ったように、『下手なミステリー小説なんかよりずっと面白い』とはとても思えない。

身近に起きた事件でなければ、確かに全てが物語に過ぎないけれど、被害者遺族でもある真帆に、シリアスなミステリーは体のどこかに棘《とげ》が刺さる。

どんな人格であれ、被害者は生きることを絶たれたのだ。

写真でしか覚えの無い、母の悠子の顔が浮かぶ。

その顔を慌てて打ち消し、深く息を吐いた。

有沢の言うとおり、確かに被害者の家庭環境の一面を覗《のぞ》き見した気分だったが、本来の捜査資料確認という自分の仕事とは無関係だ。

〈さ、お仕事、お仕事！〉

冷めた珈琲《コーヒー》を一口含み、パソコン内の被害者の身上書を改めて開く。

父親の名は森田雅人《まさと》。母親は森田章子《しょうこ》とある。どちらも四十代後半。

他には早紀の学歴や過去の補導歴のみで、両親についての記載はない。

次に、被疑者の山辺弘樹の身上書を開く。

両親は既に他界。同居する姉が一人。山辺千香《ちか》・三十六歳。

山辺は高校卒業後、通信制の大学に入学。同時に出版社の非正規社員となるが、約二年で退職し、大学も中退。その後は配送などのアルバイトを転々とし、事件の半年前から京王《けいおう》線仙川《せんがわ》駅近くのコンビニ、［マーメイドチェーン］に勤務。

その数週間後に勤め始めた早紀とシフトが重なる事が多く、山辺は一方的に好意を寄せ、早紀が辞めた後にも執拗《しつよう》に早紀の周辺に出現していたとあり、同時期に同じコンビニでアルバイトをしていた学生たちの言葉も記載されている。

《山辺さんは、無口で根暗に見えました。仕事に必要な会話はしますが、世間話をしたり冗談を言ったりすることはなく、特に友人もいなかったように思います。休憩時間にも居眠りをしていることが多く、皆のようにスマホを眺めている姿も見たことはありません》

《森田早紀さんは、明るく、いわゆるギャル系の女子で、山辺さんは年齢より老けて見える地味な男性だというのがバイト仲間の認識です。誰が見ても二人は不釣り合いで、もちろん森田さんは相手にしていませんでした。二人が話をしているのは何度か見たことはありますが、それほど親しそうには見えませんでした。でも、山辺さんが森田さんを相当意識しているのは良く分かりました……》

《森田さんの仕事上がりには、大学生のような男性が車で迎えにきていました。多分カレシだと思います。山辺さんはその二人の様子を、接客も忘れてじっと見ていたのを覚えています》

〈被害者には、カレシがいたのに諦めきれなかった？〉ろくに会話もしていない相手にそれほど執着を持つなど、真帆には想像がつかなかった。

〈よくよく外見が好みのタイプだったということか〉

山辺の身上書にある、その目尻《めじり》の下がった静かな顔写真を見つめた。

サイトに出ていた高校時代の写真とほぼ変わらず、良く言えば和風で地味。悪く言えば、特徴のない平凡な顔立ちをしている。

一方、被害者の早紀は、顎《あご》の細い顔に大きな目が目立つ華やかな顔立ちをしている。アルバイト仲間が言うように、カップルになるにはあまりにも不釣り合いな二人だ。

容姿もさることながら、纏《まと》う雰囲気がまるで違うからだ。

早紀がコンビニを辞めてからも付き纏い行為をして、早紀から被害届が出されていたとあるが、直接早紀に交際を迫るような発言や行為はなかったのだろうか。

そのストーカー行為の詳細な記録はなく、比較的仲が良かったという専門学校の同級生の供述があった。

《何も言わずに、少し離れた場所からじっと見ているだけだから、余計に気味が悪いと言っていました……》

そんな二人の間が殺人事件にまで発展するには何か尋常ではない切っ掛けがあったに違いない。しかし、それらしき話を周囲で知る者は見つからず、早紀の彼氏という男も事件のひと月前には早紀と別れていたと供述しているが、その氏名や素性は個人情報保護法により伏せられていた。

被害者と被疑者、両者死亡では、その詳細な経緯を知ることは不可能だ。

最後に、森田夫妻の供述調書があった。

《早紀は私たち夫婦にとってたった一人の子どもです。確かに素行の悪い時期もありましたが、専門学校に通う頃には真面目に美容関係の勉強をしていました。将来は、メイクアップアーティストになりたいと言って頑張っていました。被害届を出した時点で、警察がきちんと対応してくれていたらと、残念でなりません》

父親の言葉は、警察への批判で終わっている。

一方、母親の言葉は少し異なった。

《悲しみや怒りは言うまでもなく、被疑者は自ら命を絶つという卑怯《ひきょう》で最悪な選択をしたことを、生涯許すことはできません。私は永遠に復讐《ふくしゅう》する機会を失ってしまいました》

真帆は一気に最終ページまで目を通した。

捜査の具体的な経緯が書かれ、最後に、被疑者死亡のまま書類送検、捜査本部は同日解散とある。

特別な矛盾点は見つからず、そのファイルを閉じて確認済みフォルダに移そうとした瞬間、何かが気になり指を止めた。

それは最終ページの残像だ。

一旦《いったん》閉じたファイルを再び開き、最終ページを改めて見る。

〈何これ……〉

違和感の元は、ページ左下の隅にあった。

糸くずのような黒い点がひとつ。

紙資料の作成時にできたインクの染みか、スキャンする際に紛れ込んだ塵《ちり》のようなものかと思ったが、拡大してみると、細いペンで描いたイラストのような線画が確認できた。

〈……紙袋？〉

拡大したせいで不鮮明ではあるが、その絵は四角い袋のような形をしていて、その中に葉っぱのようなものが描かれている。

「ねえ有沢さん、これって……」咄嗟《とっさ》に有沢に声をかけていた。

有沢は怪訝《けげん》な顔付きで立ち上がったが、素早い動作で真帆のパソコンを覗き込んだ。

「これ、何に見える？」

有沢は画面を一瞥《いちべつ》し、すぐに上体を起こした。

「誰か退屈紛れに落書きしただけなんじゃないですか？」

「そうかな……データ化する時に気付かないもんかな」

事件の捜査資料は、その詳細な捜査記録は勿論《もちろん》、被疑者、被害者の身上書、各人の周囲人物の事情聴取の記録がまとめられている。

その実際の作成者は事務方の職員か捜査を担当した警察官であるが、厳重なチェック態勢が求められ、いくら小さな落書きでも資料に残すことなど許されないはずだ。

「だから、いい加減なんですよ。どうせ再捜査なんてすることもないからと。考えるだけ無駄です」

踵《きびす》を返す有沢の背中に、「だよね……」と呟《つぶや》く。

有沢の見解は正しいに違いない。けれど、真帆の違和感は消えなかった。

〈これ、やっぱり何か意味があるんじゃないかな〉

ただの落書きだとしても、ファイルとして保存した者が気付かないわけがない。紙の時点で消去するか、新たに資料を作り直すか、どちらにしても多くの捜査員が目にするかもしれない事を考えれば、そのままにしておくというのは解せない。

と、そこまで考えてハッとなった。

〈誰かが気付くことを想定していた？〉

資料に明記できない事実を暗号化し、気付いた者が再捜査を進言することを期待して……。

〈再捜査ということは、自殺した被疑者が真犯人ではない可能性がある？〉

「なあんてね……」

うっかり声に出すと、呆《あき》れたような顔の有沢と目が合った。

どこにも立ち寄らず、19時少し過ぎに玄関のドアを開けた途端、自分の迂闊《うかつ》さに気付いた。

普段なら、何かに思考を集中させたい時は、敢《あ》えて騒がしい居酒屋かショットバーで一人呑みをするのが習慣になっていたが、今夜は何故かそういう気分ではなかった。

夕方に曜子からきたメールの内容も気になっていた。

《今日は少し早く帰って来てくれる？　夜は宝寿司《たからずし》の特上にするから》

一応、バンザイするパンダのスタンプを送ったが、特上寿司に惹《ひ》かれたわけではない。

曜子がこういうメールを送ってくることは稀《まれ》であり、おそらく特上寿司は言い訳だ。

昨日の博之からの電話の件だろうと、すぐに察しがついたが、まさか……。

三和土《たたき》に、見覚えのある男物の革靴があった。

昨日の電話では、週末に時間が取れるかと打診があったから、今夜博之が来るとは思いも寄らなかったのだ。

博之が来ることを知らせれば、真帆が敢えて早く帰宅することはないと曜子は考えたに違いない。

冷静に考えれば、《特上寿司》というフレーズで察することができなかった自分が悪いのだと、真帆はのろのろと靴を脱いだ。

何か特別な理由がない限り特上寿司が卓に載ることはないし、博之と二十一年ぶりに再会した夜も、曜子は宝寿司に出前の電話をかけていたのだ。博之の好物だからと……。

暗澹《あんたん》たる思いでリビングのドアを開けると、曜子の姿はなく、ソファに座る博之が振り向いて笑顔を見せた。

「久しぶり……元気そうだな」

最後に会ったのは秋の始め頃だったか。

母の悠子の事件当時、博之は交番勤務の警察官で、刑事になることを目指していたこともあり、これまでの真帆の捜査に助言や協力をすることも度々あった。

現在は警備会社に勤務していて、一駅離れた町に一人で暮らしていた。

「うん。お父さんも元気そうだけど、体調はどう？」

目を一度だけ合わせ、洗面所に向かいながら言う。

「肺の方は大丈夫なの？」

「ああ。精密検査では特に何もなかったよ」

「それなら良かった」

「まあ、歳には勝てないからな……」

手を洗い終えたら、リビングに戻って会話を続けなければならない。

「伯母《おば》ちゃんは、まだ下？」

「ああ、さっき客が来て店に下りて行ったよ」

「そうか……占い頼まれたら長くなるかな……」

「まだサービスで占いやっているんだってな」

「うん。ハンカチや下着とか買ってくれるけど、占ってもらいたいからお客さんは来てくれるんだしね」

そうか……と博之が呟いてから、しばらく静かな時間が過ぎた。

その間に、真帆は一旦三階の自室に駆け上がり、着替えを済ませてすぐにまたリビングに戻った。

着替えの途中で曜子の声が耳に入ったからだ。

互いの近況報告が終わり、特上寿司が届き、半分ほど食べ終えた時だった。

「再婚しようかと思うんだ」

いきなり博之が言った。

飲み込んだばかりの大トロの脂が喉元《のどもと》まで上がってくるように感じ、真帆は急いで湯《ゆ》呑《の》みを手に取った。

「どう思う？」

博之が帰った途端、曜子が早速聞いて来た。

寿司桶《おけ》を片付けながら、真帆は「いいんじゃない？」と無愛想な声を出した。

「まあ、どう言ったって、本人がそう決めたんだったら仕方ないけど……アレは昔から真面目過ぎるっていうか……何も今更……私だって再婚なんかしてないっていうのに生意気だわよ……」

脈絡のない話が延々と続きそうな雰囲気に、真帆は自室に退散することにした。

ここでソファに腰を下ろしたりすれば、伯母の話は深夜まで続くに決まっている。

「また逃げられちゃったりして……」

〈また……？〉

曜子は自分の発した言葉に気付く風もなく、「一度きちんと会わせてもらわなきゃ、いつにしようかしら」などと呟いている。

博之には、恋人に逃げられた過去でもあるのか？

ふと思ったが、深く考えない事にする。

博之はまだ五十六歳だ。悠子亡き後、警察官の職を辞して悠子を殺害した犯人たちを追い続け、事件から二十一年経た今夏、ようやく犯人逮捕に至ったのだ。

〈もういいよ、お父さん〉

真帆は心底そう思う。再婚相手が大衆食堂を経営する歳上のオバちゃんであろうと、成人した子どもが二人いようと。

先刻、博之にも伝えることができたが、博之が幸せならば、それでいいのだ。

曜子も同じような思いなのだろうが、真帆の気持ちを考え複雑だったに違いないと思った。

だが、曜子の一番の関心は、別のところにあったようだ。

「何で、私と同じ歳の女なのよ……二人の子持ちで、再婚って……やだわ、もう還暦よ……今更歳下の男と再婚って……まさか博之に高い保険なんか掛けてたりして……」

「心配なら、占ってみれば？」

言いながら三階に駆け上がり、すぐにドアを閉めた。

無論、父の再婚は真帆にとっても重大事件だが、今はもっと気になることがある。

パジャマに着替えてベッドに入り、冷えた炭酸水を一気飲みしてスマホを取り出した。

久しぶりに吾妻の番号をタッチする。

捜査中であればすぐに留守電に切り替わるが、三回コールで吾妻の声が聞こえた。

『おう……久しぶり。何だ？　クビにでもなったか？』

それほど久しぶりでもないが、一応挨拶《あいさつ》はしておく。

「で……あんた……じゃなくて、キミって、合コンの幹事は得意だよね？」

『何だ、いきなり……まあ、得意っつうか、俺ほど仕切れるヤツが他にはいないっつうか？』

案の定、電話の向こうの吾妻の声が弾んだ。

『え？　おまえ、合コンなんて興味あったんだ？』

「違うよ。町田南署の知り合いに頼まれたんだよ。できたら本庁一課の刑事がいいんだってさ。誰か知らない？」

　吾妻の世渡り上手な側面は知っている。出世を一番に望む吾妻が、本庁の刑事に知り合いがいないはずはないと踏んだ。

『本庁一課の刑事？　二課に同期がいるけど、そいつじゃ駄目か？　ってか、それならおまえが仕切ればいいじゃん？』

「ムリ！　同じ一課でも階が違うから知り合いなんていないし……」

　少し間があって、吾妻が声のトーンを下げた。

『何か企《たくら》んでんな、おまえ』

　こういう勘の良さだけは、真帆も認めるところだ。

　吾妻に電話をしたのは、捜査一課の刑事に知り合いがいるかどうかを確認し、できればその刑事を交えての合コンを開き、くだけた雰囲気の中で事件の詳細を聞き出すためだった。

　真正面から聞けば、彼らの口は必要以上に堅くなるはずだから。

　ここは正直に話して吾妻を味方に付けた方が良いかもしれないと思い、真帆は気になっていた捜査資料のことを話した。

『また例の違和感ってやつ？　懲りないねえ、おまえ』

　吾妻は、心底呆《あき》れたような声を出した。

「だって、気になるもん。どうせヒマだし……」

『なら、直接おまえが一課に出向いて聞けばいいじゃん。同じビルの中だし』

吾妻はつまらなそうに言ったが、真帆が動き回ればそのことが重丸の耳に届く危険もあり、始末書では済まない可能性もある。そしてそれは、本来の上司である新堂の立場も危うくしかねない。

『分かったよ。俺も今チョー暇だし、何人か当たってみるけど、クリスマスが近いからあんまり期待すんなよ』

「ありがと！　さすが、頼りになるわ」

ここはひとまずホッとする。

『はいはい。で、町田南署の女子って、大丈夫なんだよね？』

「大丈夫って、何が？」

『こっちもメンバー揃える都合があるから、そこそこの女子じゃないとさ』

そこそこって何だよ……とは、言いたいけれど言わなかった。

頼れる相手が吾妻しかいないことが情けなかったが、こういう場合は他の誰よりも頼れる男に違いない。ノリが軽いという意味で。

『で、本庁の仕事はどうなんだ？　班長がアイツに勤まるかなって心配してたぞ』

嘘だ。新堂は最初からどんな職場か知っていたはずだ。

新堂と重丸の間でどんなやり取りがされたのかは知らないが、真帆の出向はあの二人が決めたことに違いないとずっと思っていた。

警部補間で、警察官の人事を決定することなど有り得ない。

真帆の異動は、何か公にはできない二人の密約があるのかもしれない……。

真帆がそう伝えると、吾妻が鼻から大量の息を吐く音が聞こえた。

『おまえなぁ……たかが巡査一人の異動にそんな大層な裏があるわけないじゃん』

「だよね……」

『おまえがそこで何かやらかして、俺の異動願いがパーになったらどうすんだよ』

吾妻は何度も本庁捜査一課への異動を願い出ては却下されている。

そもそも、自ら希望して配属が叶《かな》うことなど滅多にないのだが。

吾妻のそういう懲りない一途《いちず》さを、真帆は嫌いではない。

『しかしな……お局《つぼね》上司に歳下のキャリアって、まるで大奥じゃん』

吾妻が、愉快そうな声を出した。

「まあね。でもお局はだいたい不在だし、キャリア姫はマイペースで相手にしてくれないから、素晴らしく静かな職場だよ」

肝心の頼み事が済むと、次第に睡魔が襲ってくる。

『ふうん……俺だったら、歳下のキャリアなんかと一緒に働かされるなんて絶対やだな。どうせお高くとまってる可愛くないヤツなんだろうな。まあ、でも女は出世したらしたで叩《たた》かれるし、可愛くなんかしてらんないよな。良かったわ、俺、男で………』

吾妻の声がだんだん遠のき、いつしか誰かの会話に変わった。

ねえさん、ぜんぶおれのせいなんだ。どうしてよ、あのひとはあんたたちをいちどはすてようとしたんじゃないの……。

殺意Ⅰ

テレビに、無数のイルミネーションに輝く、都心の並木道が映っている。

その美しさに見蕩《みと》れながら、女は生まれ育った町の駅前に、この時期だけ飾られる光の色を思い出した。

「……しょぼい青い光で、何か寒々としていて。私大嫌いだったわ、この時期にあの駅前に行くの……」

独り言ではなく、炬燵《こたつ》に入って同じ画面を見ている男に言ったのだが、関心がないのか、男は切り替わった画面に見入っている。

「こいつら、本当に頭悪いよな。クリスマスだ正月だって騒いで、わざわざ値上がりした物を買いに行くなんてさ」

年末商戦で賑《にぎ》わっているデパートの中継だ。

フロアの人混みを見て、男は薄ら笑いをしながら缶酎《かんちゅう》ハイを呷《あお》った。

女は男の横顔を一瞥《いちべつ》し、またすぐに青菜を切る手元に目を戻した。

この男との会話はいつもすれ違う。

出会った頃は男の言葉を必死に聞き、男が喜ぶ返事を素早く用意していたものだが、一緒に暮らし始めて半年もすると、そんな気持ちは次第に消えて行った。お互いの言葉が頭の上を素通りしても、人は他人との日常を生きていけるものなのだと女は知った。

自分が育った家族も、そんな風にして時を経てきたのだろうか。

あの詫《わ》びしさ漂う冬の駅前を、行ったり来たりしながら。

だから、自分はあの町に棲《す》み付くことができなかったのかもしれないと女は思う。

流し台から離れ、男の前に青菜の小鉢を置くと、ベランダに通じるガラス戸を引いて、女は外気の中に出た。

眼下には、妙正寺《みょうしょうじ》川の緩い流れが見え、そこに架かる橋の先に商店街の細々としたビルが並んでいて、西の方角には富士山《ふじさん》の影が小さく見える。

三年前、女は幾つかの賃貸物件を見学して、同じ私鉄沿線の別のマンションを第一候補に決めたばかりだったが、この川沿いの古いマンションのベランダに出た途端、それまで見た物件の全てを忘れた。

タワーマンションの高層階から見る景色とは比べようもないだろうが、その五階のベランダからはキラキラ光る川面《かわも》が見え、川風の中に草の匂いもあった。

すでに長い時間が流れ去ったが、ベランダに出た瞬間の解放感は、未《いま》だ消えることはない。

「閉めろよ。寒いじゃねえか……バカか、おまえ」

ようやく女の方に赤ら顔を向けて、男は詰《なじ》るように言った。

逆らわずにガラス戸を引く。

「見てみろよ、これ。ヒ素だってよ、女は怖いねぇ……」

数年前に起こった［毒物カレー事件］の第一審で、殺人罪に問われていた女に死刑判決が下された速報だ。

男がこの部屋で暮らすようになって、もうすぐ一年になる。

不機嫌な日の酔い方はいつも同じだ。

缶酎ハイをもう一缶空けたら、男は手を上げてくるかもしれない。

だが、女は、その躱《かわ》し方を何通りか会得している。

〈この男さえいなければ……〉

日に何度か浮かぶ言葉が、再び女の頭に蘇《よみがえ》る。

そして、その先にある逃れられない選択に心は揺れている。

逃げるか。

殺《や》るか。

今日も迷いながら、女は丸く膨らんだ下腹にそっと手を当てた。

刑事Ⅱ

店のチョイスは悪くない。

無機質なコンクリート壁に大小のモノトーンの版画。木のテーブルの脚は鉄製で、ソファは深いワイン色のイタリア製だ。

店内にはスロージャズが流れ、ウェイターも静かで上品な応対をしている。

〈なのに……何、この集団は〉

真帆の向かい側のソファに、風采《ふうさい》の上がらないスーツ姿の男が二人。

「俺さ、こういう小洒落《こじゃれ》た店って苦手なんだよね。値段の割にうっすい酒出してたりするじゃん」と、小太りの男。

「それを言ったら、おまえの行き付けのガード下の呑《の》み屋だって似たようなもんじゃないか。あそこのハイボールはハイボールの水割りなんじゃないか？」と、瘦《や》せた男。

二人とも、府中事件の捜査に参加した刑事だ。

吾妻の知り合いである二課の刑事の紹介らしく、吾妻自身も初対面のはずだが、まるで旧知の仲のような口を利いている。

「分かる、分かる。まあ、俺はキライじゃないから、たまぁに総務の女子たちとこうい う感じのところで飲んだりするけど」と、吾妻がチラチラと真帆の隣の席を気にしながら笑う。

男三人に女二人。年齢上限は共に三十五歳。

男女同数の合コンのはずだったが、久しぶりに連絡をとった町田南署の女子職員二人に、前日になってドタキャンされた。

『ごめん！　やっぱり刑事はやめとくわ』

そろそろ真面目に結婚相手として考えたいから……というのが理由だった。

真面目に考えたら、刑事はパスということか。

急遽《きゅうきょ》ダメもとで有沢に声をかけたが、意外にも有沢は快諾した。

もっとも、その真意はすぐに分かった。

『お付き合いします。捜査一課の刑事って、あの椎名さんが気にしていた事案の担当刑事なんじゃないですか？』

さすがキャリアだけのことはある。有沢の勘も吾妻に負けてはいない。

いかにも堅そうなスーツ姿の有沢と、スポーツ大好き風のアウトドアファッションの小柄な真帆に、一課の刑事たちの目には失望の色が浮かんだ。

話もろくに弾まないまま、気がつけば、刑事二人は世間話を始めている。

〈小細工なんかしないで正攻法で行った方が良かったのかも〉

吾妻が言ったとおり、真帆一人の動向で、新堂の責任問題になることなどないのかもしれない。

真帆がジントニックをチビチビ舐《な》めながら話の切っ掛けを考えている間に、有沢はビールを飲み終え、バーボンのロックを飲み始めていた。

『……どうせお高くとまってる可愛くないヤツなんだろうな』

昨夜はそう言っていた吾妻だったが、有沢をひと目見るなり、幹事役を忘れたかのようだった。

「若い女子がバーボンって、何かカッコいいよね」

満更お世辞でもなさそうに吾妻が言う。

「オヤジ臭いって言われますけど」

無表情で答える有沢だが、吾妻が怯《ひる》むことはない。

「そのギャップがいいんだよ。有沢さんってカシスオレンジとか飲みそうなのに、バーボンのロックって……」

吾妻は荻窪東署内ではいわゆる「モテ男」と認知されていて、真帆とコンビを組んでいた頃も、付き合っていたカノジョの自慢話をよく聞かされたものだった。

なぜこの吾妻がモテるのか、真帆は未だに分からない。確かにその容姿はそこそこ二枚目と言っても良い。私服のセンスも悪くなく、会話のセンスも悪くない。その内容の軽さを気にしなければ、女子には受けが良いのかもしれない。

だが、有沢が吾妻に関心を持つという奇跡は絶対に起こらないだろう。有沢は真帆の真意を見抜いたからこそ、今ここにいるのだ。吾妻の下心に関心が向くわけはなかった。

「それで、お二人ともあの府中の件で動かれたんですか？」

焦《じ》れたように、有沢が吾妻以外の二人に顔を向けた。

〈あちゃ……いきなり？〉

思わず吾妻と目を合わせる。

「ん……府中の件？」

小太りの男が怪訝《けげん》な目で有沢を見た。自己紹介を済ませた時から、有沢とは口を利かなかった刑事だ。

「なあんだ。キャリアガールが何で俺たちとなんか合コンするのかと思ってたけど、やっぱり仕事の話か……」

警察官は、公の場ではできるだけその身分を明かさない。

仕事の話をする時も、可能な限り警察用語は使わない。事案、捜査、ガイシャ、マルヒ、ホシ等は禁句とされている。

「すみません、吾妻さんにお願いしたのは私なんです」

真帆は慌てて二人に頭を下げた。

二人とも、事件については、捜査資料に記載された内容以外の詳細は特に知らない様子だった。

「府中の方の仕切りが強くて、俺たちの出る幕はなかったんだよ。及川《おいかわ》はあの現場に行ったんだよな?」

小太りの刑事が、及川と呼ばれた痩せた男に顔を向けた。

あの現場とは、早紀の遺体が見つかった秋川渓谷だ。

「ああ……行くには行ったけど、もうロクなもんがなくて、仕事にはならなかったよ」

ロクとは遺体のことで、警察の隠語だ。南無阿弥陀仏《なむあみだぶつ》が六文字であることから使われている。一般人が聞いたら、「大したモノがなくて……」と解釈するだろう。

「春田《はるた》さんは、ホシが見つかった三鷹のホテルにも行ったんでしたっけ?」

吾妻が春田という小太りの男に小声で問うと、ビールを飲む手を止めて、眉根《まゆね》を寄せた。

「……姉さんっていう人が半狂乱で泣いてたよ。その姿が、しばらく忘れられなくてさ」

すると、しばらく黙々とグラスを傾けていた有沢が口を開いた。

「今でも再捜査を求めて署名運動している人ですよね。弟は無罪だって」

声高になる有沢を制して、春田は声を潜めた。

「事件の後に銀行を辞めなくちゃいけなくなって、自殺未遂までしたんだ」

「でも、その自殺未遂って、世間の同情を集めるためのフェイクじゃないかって中傷されたんですよね。署名運動もそれに対するスタンドプレーじゃないかって……」

「え……どういうこと？」

山辺の家族は、同居している姉だけということは身上書で知っていたが、有沢と春田の会話は、真帆が初めて知る内容だ。

真帆の様子に気付いたのか、有沢がスマホを操作し、真帆に差し出してくる。

「先月のものですが、〈週刊近代〉の記事です」

画面に、街頭に立つ女の写真がある。目元は黒い線で隠され、胸のタスキに『山辺弘樹は無実です！』と書かれている。

「山辺が自殺した直後から、毎日のように夕方から府中駅前に立っているそうです」

記事の内容は、捜査資料にあった事件と変わるところはなく、被害者遺族の気持ちに逆らい無実を訴える加害者家族の執念を揶揄《やゆ》するようなものだった。

「再調査を望んでいるって……冤罪《えんざい》だと思っているの？」

被害者の爪の間に残された皮膚組織が山辺のものだという決定的な証拠があるというのに、姉としてはその結果を受け入れることができないのか。

「真犯人がいると仮定したら……予《あらかじ》め、山辺の皮膚片を手に入れておいたとか。頭皮とか……」

真帆の呟《つぶや》きを聞いて、有沢がまた素早く反応した。

「椎名さん、それはないです。相手に気付かれずに皮膚片を手に入れるなんて無理ですよ。自ら差し出すことは有り得ないし……」

「有沢さん、小さい声でお願いします」と、幹事意識を取り戻した吾妻が囁《ささや》いた。

いつの間にか警察官同士の会話になっていたことに気付いたが、幸い近くの席に人の姿はなかった。

「この姉のことは、前から知っていたの？」

有沢は、真帆の問いに呆《あき》れるような顔をした。

「昨日、この会に誘われた後で検索したんです。当然じゃないですか」

言葉に詰まった真帆を助けるように、吾妻が明るい声を出した。

「今は何でも検索すると出てくるからな。俺らには話してくれないことでも、ネットには匿名で書けるし、マスコミにはネタとして売れるからな」

「そうそう。まあ、俺たちも大きなことは言えないけどな」

及川が言い、にひひ……と黄色い歯を見せた。

情報屋のことだとすぐに分かる。

更生した前科者や、探偵まがいの仕事を請け負う者から情報を得、働き口を紹介したり、物品や現金を与えたりする刑事がいることは聞いたことがある。もちろん違反行為であるが、事件解決のためには上層部もことさら問題にすることはない。

そう言えば、と春田が真帆を見た。

「コンビニの映像の件はどうなった？　捜査資料に何か書いてあったか？」

「コンビニの映像？」

「何だよ、それ。俺も聞いてないぞ」と、及川がグラスを置いた。

それは、山辺が自殺直前に立ち寄ったホテル近くのコンビニの監視カメラの映像だという。

「あ、思い出した。三鷹中央《ちゅうおう》署の刑事が騒いでいたアレか……」

「ああ。解析結果をきちんと開示しろって、管理官に詰めよったオッさんいただろ」

「所轄の歳食った刑事って、若い管理官いじめるのが好きだからな」

「いいよな、管理官と喧嘩《けんか》しても出世に影響ないしさ」

「だよ。俺らだったら怖くてそんなこと……」

延々と二人の愚痴を聞かされそうになり、真帆は少し声を張った。

「そんなものがあったんですか？　資料には何も書かれていなかったような……」

被《かぶ》るように、有沢が後を続けた。

「コンビニのカメラのことは全く書かれていません。ホテルの監視カメラの映像記録は記載されていましたけど」

真帆はタブレットを取り出し、捜査資料を確認した。

山辺がチェックインした際のものと、遺体が見つかる4時間くらい前に出入りする姿だったと書かれている。

「その4時間前の映像がコンビニへ行き来した時ってことなら、辻褄《つじつま》が合うよね」

「まあ、それは自殺の原因とは無関係だろうけど、鑑識に回して解析したんだったら、自殺と関連のない画像でも普通は資料に残すはずだけどな」

吾妻が首を捻《ひね》る。

「敢《あ》えて隠蔽《いんぺい》したとか……？」

真帆の呟きに、有沢が即座に反応した。

「何で隠さなきゃいけないんですか？　逃亡中だって、コンビニには当然行くでしょうし、単に記録ミスか、死因とは無関係だったんじゃないでしょうか」

その声に、男たちがそれぞれのタイミングで頷《うなず》いた。


有沢は、かなりの酒豪だと知った。

お開きになるまでロックを数杯飲んでいるにもかかわらず、地上への階段もヒール靴で駆け上がり、送ろうとする吾妻を容赦なく振り切った。

別れる瞬間に、有沢は真帆の耳元で囁いた。

「納得しました？」

その意味の本当のところは、真帆には分からなかった。

「してないよ」

とりあえず、真帆はそう答えた。

有沢は目を見開いて、ほんの少し笑ってから地下鉄への階段を下りて行った。

「何だ、あいつ……ったく、やっぱ女のキャリアなんて可愛くもなんともないなあ」

呂律《ろれつ》の怪しくなった吾妻は、及川と春田の後を追い、新橋《しんばし》方向へ歩いて行く。

スマホで時間を確かめる。

まだ21時を過ぎたばかりだ。

どこかで珈琲《コーヒー》でも飲んで帰りたいところだが、週が明けたら体力勝負の仕事が待っている。夜更かしをしてまったりと考え込んでいる場合ではなかった。


三鷹中央署に向かったのは、三日後の早朝だった。

七係の留守電には、体調不良のため午後から出勤するとメッセージを入れた。

一課の及川と春田が言っていた、『管理官と喧嘩をした刑事』に会うためだった。

体調不良どころか、土日の休みはジョギングや筋トレで体力増進に励んだ。

曜子から「そんなに筋トレしてこれ以上スリムになったら、あんた小学生と間違えられるわよ」と笑われるほど、久しぶりの『運動を伴う捜査』に気持ちが高ぶっていた。

電話を入れたところで、受付が簡単に警察官の所在を教えてくれるわけはない。まして、すぐに本人に電話を繋《つな》げてもらえることなど有り得ない。

及川と春田は、刑事の名前すらもう覚えてはいないと言っていた。

本人も、とうに別件で動いているはずだから、真帆の「違和感」に付き合ってくれるかどうかは分からなかった。

だが、コンビニの映像に残された山辺の姿に拘《こだわ》りを持っていた理由は何か。

なぜ管理官と喧嘩までして、解析結果の開示を要求したのか。

そして、その映像は今どこにあるのか……。

聞きたいことはどんどん増えてくる。

早朝にもかかわらず、師走《しわす》のロビーには多くの人の姿があった。

受付で警察手帳を提示すると、職員の若い男の顔に僅《わず》かだが緊張が走った。

「本庁一課の刑事さん……ですか」

やはり、所轄署時代では経験のない応対だ。

山辺が自殺した時の担当刑事に会いたいと伝えると、少し待たされ、職員の男は怪訝《けげん》な顔付きでタブレットを差し出した。

「あの事件の被疑者が自殺した件でしたら、この捜査官が……」

画面に、警察官姿の中年男が映っている。警察官名簿の写真だ。

小磯裕二《こいそゆうじ》。階級は巡査部長とある。生年月日から計算すると、今年で四十六歳になる。

「しかし、先月初めに退職しています。本人は単身者用の官舎住まいでしたが、そこももちろん引き払っています」

「連絡先は分かりませんか？」

食い下がるような言い方に、職員は怪訝な顔をした。

「退職した者は一般人ですから、仮に分かっていても個人情報はお伝えできません」

「……ですよね。じゃ、この方の相棒だった刑事さんは、まだこの署にいますか？」

職員はタブレットを手元に戻し、スクロールしながら首を左右に振った。

「あの事件は府中西町署が仕切っていたとありますから、うちからは彼だけのようです」

「こちらの刑事課長さんを通してなら教えていただけますか？」

すると、職員は少し上体を反らすようにした。

「たとえ本庁の刑事さんでも、それは無理ですよ」

職員の口調が次第にぞんざいになっている。

「事件の捜査に関係ある場合は別ですが」

〈そんなこたぁ、分かってるよ！〉

頭の中で叫び、「了解です。上司と相談してまた伺います」と、真帆は和やかに頭を下げた。

署を出て、スマホの時刻を確認した。

8時52分。

着信履歴には、案の定、有沢から二度の不在着信があった。

警視庁に来てからは、公用携帯電話は貸与されてはいない。

警部である有沢は、警察庁の公用スマホを自由に使うことができる身分だが、連絡先を交換したのは、お互いに私用スマホの番号だった。

まだ私的なメールをし合う仲ではないし、電話があったのも今日が最初だ。

真帆の休みの理由が週末の合コンに関係があると気付いたのだろうが、今は有沢の声や意見を聞く気分ではなかった。

どのみち午後には顔を合わせるのだ。

今は、小磯裕二という元巡査部長の所在を確かめる手段を考えなければならない。

とりあえず駅前にあるカフェに入り、吾妻にメールを送る。

《先日はありがとう。A女史は見かけより手強《てごわ》いので頑張ってください》

書いてから少し迷い、A女史……を削除して送信した。

ハムチーズサンドを齧《かじ》りながら、タブレットに移した捜査資料を読み直そうと指を動かした時、カバンの中にあるスマホの着信音が聞こえた。

『のんびりメールなんかしてんじゃねぇよ。今どこだ？』

吾妻の苛立《いらだ》った声が聞こえて来る。

「あ……後で掛け直す」

慌てて声を潜め、一旦《いったん》切ってメールを送った。

《ごめん。今カフェにいる。15分待って！》

サムライが土下座しているスタンプも添える。

《なるはやで！　俺、10分後に会議》

慌てて珈琲を飲み干し、齧り掛けの朝食をナプキンに包んでコートのポケットに突っ込んだ。

駅構内に飛び込み券売機の傍で吾妻に電話を掛けると、ワンコールで吾妻の声がした。

『で、おまえは今どこにいるんだ？　あのキャリア女史が探してるぞ』

「ん？　何で君が？　荻窪の方に電話が入ったってこと？」

『……いや、一応、あの晩に連絡先は交換したからさ。これ、合コンの礼儀』

「へえ……って、まあいいや。で？　有沢さん何か言ってた？」

『いや別に。連絡つかないから知らないかってさ。電話くらい出ろよ』

了解、と切ろうとすると、いきなり吾妻が言った。

『で、三鷹の刑事に会えたのか？』

え……？

「何で知ってんの？」

『そりゃ、誰にでも分かるって。あんな合コンの後だもん』

さすが、と言いたいところだが、おそらく有沢の推測に違いない。

真帆は、小磯刑事が退職したこと、所在は知る術《すべ》がないことを伝えた。

「有沢さんだったら聞き出せるかな」

『いくらキャリアでもそれは無理だろ。その刑事の同期にあたってみるのが早いかも』

「あ……だね。同期だったら友人もいるかもしれないしね」

『まあ、とにかく彼女に電話を入れろよ。あの子、なかなか使えそうだぜ』

そう言って、吾妻は真帆の返事も待たずに電話を切った。

駅構内は、一般的な出勤時間を過ぎたというのに、学生らしき若者や買い物客で溢《あふ》れている。真帆は一旦構内を出て、北口ロータリーの外れにある公衆電話ボックスの中に入った。

使用するのは自分のスマホだが、通話が長くなりそうな場合は、騒音が緩和される電話ボックスを良く利用する。警視庁に来てからは捜査で外出することはなく、その使用回数はゼロに近かったが、道路を歩く時は無意識だが電話ボックスを確認する癖が付いていた。

有沢の番号をタッチすると、すぐに不満げな声が聞こえてきた。

『今どこですか？　三鷹ですか？』

思ったとおりだ。有沢は、真帆の午前休みの理由を見抜いていたのだ。

吾妻に言った内容と同じ事を伝えると、『刑事の氏名はこちらでも確認できました。小磯裕二元巡査部長、ですよね。まともに行っても無駄ですよ。吾妻巡査にも伝えましたけど、その刑事の同期にあたってみるのが良いと思います。警察学校や交番勤務時代の同僚とか』と、淀《よど》みなく言った。

なあんだ……。

やはり、吾妻の『同期にあたってみるのが……』の提案の出どころは有沢だったのか。

「で……小磯っていう名前はどこから分かったの？」

『調べる方法はいくらでもあります。今は足で捜査しなくても、これくらいの情報はすぐに手に入れられます』

「まさか、ネットに出ていたわけじゃ……」

『そんなわけないじゃないですか。係長に、捜査資料を作成した担当刑事名が記載されていないと言ったら、上がすぐに調べてくれたんです』

「上って、どこの上？」

面倒くさそうに有沢が答えた。

『特命の室長を通して、三鷹中央署から……とにかく、椎名巡査の行動は無駄です。本気で再捜査するなら私も協力しますから、単独捜査だけはやめてください』

キャリアと張り合うつもりはないが、少しムカついた。

だが、再捜査の必要はないと言い切った有沢が協力……？

「そんなこと、係長が許可するはずないよ」

『係長の許可は取りました。責任は取れないけれど、勝手に捜査するのは構わないと』

どうも話がうま過ぎる、と少し不安に思ったが、もう後に引くつもりはなかった。

有沢の真意は分からなかったが、キャリアなら真帆の捜査が及ばない領域の情報を得る事ができるはずだ。

「分かった。ありがとう」

『小磯元巡査部長の所在は、今調べている最中です。多分、夕方までには分かると思いますけど、椎名巡査はどうされます？』

一度七係に戻ることも考えたが、夕方までに小磯の所在が判明するのであれば、それを待ってから動いた方が良い。

「じゃあ、私は例のコンビニと、時間があったら山辺の遺体が見つかったホテルに行ってみる。小磯氏の所在が分かったら、すぐに連絡を頼むね」

『ガチャガチャと動かないでくださいね。まずは小磯元巡査部長とコンビニの映像の件を解明してから、次に……』

はいはい、と言い電話を切る。

〈ガチャガチャって何だよ〉

有沢の言う通りだが、昼休みまでに動けるだけ動こうと思った。

コンビニまでは10分近く歩いた。

三鷹駅南口周辺は午前中でも繁華街には人が多く、老人はもちろん、ベビーカーを伴った若いママたちのランチに向かう姿が目立つ。

隣町は若者に人気のある吉祥寺《きちじょうじ》だが、子育て世代には、三鷹や武蔵小金井《むさしこがねい》の方が人気があるというのは真帆も知っていた。

その情報はネットで検索したのだが、確かに、三鷹から立川《たちかわ》辺りまでは、都心より少しゆっくりした時間が流れているような気がする。

コンビニ「スマイルマート」を検索すると、数年前までは精肉と揚げ物などを販売する個人店だったらしいが、駅近の商店街が大型スーパーに飲み込まれ、やむなくコンビニチェーンに加盟したとあった。総菜のコロッケなど近隣の主婦たちに人気だったらしく、精肉店の閉店を嘆く書き込みも多くあった。

繁華街の外れにある古いビルの一階にその店はあった。

確かに外装は、そのチェーンの看板や電飾と同じものだが、店内には、街で良く見かけるコンビニより、どこか垢抜《あかぬ》けない雰囲気が漂っていた。

レジ横にある生野菜と焼き芋コーナーのせいかもしれない。

「いらっしゃいませえ！」

店の奥から、年配らしい男の声が飛んで来た。

「焼き芋、今なら半額！　無農薬の安納芋《あんのう》だから旨《うま》いよ」

制服の上着姿にサンダルを履いた男が、ニコニコと近づいて来る。

はあ……と笑顔を返し、手帳を提示する。

少し背中の丸くなった男は、手帳と真帆の顔を交互に見て、嬉《うれ》しそうな顔をした。

「お巡りさん？　お嬢ちゃんが？　へえ……刑事さん？」

少し厄介な展開になりそうだと、真帆は思った。

「あの……お近くのビジネスホテルの……」

その先を、男が嬉しそうに続けた。

「やっぱり。そうだと思った。カメラのことね？」

男は出入り口の上を指した。「あそこに一台しかないけど、レジ周りはちゃんと映るんだよ。あの自殺した若いヤツが来た朝のことだろ？」

「その映像のデータなんかはありませんよね？」

データ……？　男は首を傾げて「テープは返してくれなかったねえ」と言った。

「いえ、あの……テープではなくて……」

真帆がどう説明すれば良いのか考えていると、奥の方から少し若い店員が出て来て苦笑いをし、「じいちゃん、もういいから。後は俺が……」と真帆に近付いた。

男の息子か、孫だと思った。

コンビニに変わってからも家族で経営しているということか。

「すいませんね。データならあの事件のひと月前からの分を全部渡しましたけど」

「ご協力ありがとうございます。それで、自殺した男性を接客された方にもう一度お話を伺いたくて」

山辺はその時、何を購入し、どんな様子だったのだろうか。

それが分かれば、映像の解析記録が公になっていない理由が分かるかもしれない。

「それが、その時接客していたバイトの子は、クビにしたんですよ。レジの記録もちょっと変なんで、よくよく調べたら、どうも抜かれちゃっていたみたいで」

バーコードを読み取るふりをして、金を抜き取る手口だ。急ぎの客はもちろん、最近ではレシートの受け取りを断る客が多いことも、犯行を重ねる原因になる。

「では、あの男性が購入した物とか、その時の様子とか知る人は他にはいないんですね？」

「……先月、あの事件の少し後だったけど、刑事さんと同じようなことを聞きにきた人がいましたよ」

瞬間、小磯かもしれないと真帆は思ったが、男は一旦《いったん》、レジの方に向かい、カウンターの内側から小さい紙切れを取り出してきた。「これ、置いていきましたよ、その女の人」

メモ用紙には、走り書きされた名前と電話番号の数字があった。

昼休みまでに一旦七係に戻るつもりだったが、午後も休暇を取るため電話を入れた。

『山辺千香……山辺の姉がコンビニに行ってたんですか？』

「うん。携帯番号も残してた。何か思い出したら連絡をしてくれって言ってたって」

その時の千香の様子は《すごく真剣で、迫力あって、ちょっとおっかなかった》と聞いた。

「確か、毎日のように夕方から署名活動しているって言ってたよね。府中駅だっけ？」

『ええ。でも、今現在しているかどうかは分かりませんよ』

有沢は、もちろん真帆の次の行動に気付いている。

山辺千香の携帯番号は手に入れたが、いきなりの電話は相手の警戒心が強くなる。やはり直接会うのが一番だ。相手の声も態度も確認できるし、何より、人柄の一端を知ることができる。そして、何よりも弟の無実を訴え続ける根拠を知ることができる。

「小磯氏の方は何か分かった？」

それには、珍しく歯切れの悪い声が返ってきた。

『それが、転居先も不明だそうで……今、福岡の実家には誰も住んでいないようです』

「じゃ、とりあえず山辺千香に会うしかないね」と、思わず声が弾む。

『今日会えるとは限りませんよ。でも、どちらにしても明日《あした》は顔を出してくださいよ、本来の仕事が遅れては係長の立場がありませんから』

有沢はぶっきらぼうに言い、電話が切れた。

京王線府中駅の改札を出た時はすでに13時を過ぎていたが、山辺千香が現れるという時刻までにはまだ2時間以上あった。

七係に戻る時間もあったが、戻ったところで別件の捜査資料を読む気にはなれそうになかった。

千香が署名運動に立つというバスターミナルを見下ろせる駅ビル内のカフェに入った。朝にハムチーズサンドを食べただけなのに、何故か空腹は感じなかった。

一日中デスクワークの時は、いくら食べても空腹で仕方がなかった。体や頭が満たされると、食べることは二の次になるのだろうか。

〈今日は大吉か？〉

真帆はスマホを取り出し、朝から見ていなかった曜子からのメールを開いた。

今朝のように、直接顔を見ながら占うことができない時は、メールで結果を送ってくれている。見忘れてしまった日は、「今日はどうだった？」と聞く曜子には、「まあまあ当たってた……」と言う事に決めているが、最近は曜子もその嘘に薄々気付いているかもしれなかった。

《人工的な何か……大きな彫刻のようなものが倒れるのが見える。焦りは禁物。ラッキーカラーは鬱金色《うこんいろ》》

大吉どころか末吉でもないではないか、と真帆はため息混じりにスマホを閉じた。

だが、紺色のコートに合わせたマフラーは辛子色だ。鬱金色に見えないこともなく、少し気を良くする。

それにしても……博之の相手とは？

頭の奥にずっと貼り付いていた博之のことを思い出す。

否応《いやおう》なしに体を休めなければならなくなると、つい仕事とは無関係なことが気になってくる。だから、暇な時間や就寝前の時間は嫌いなのだ。

曜子と同年齢だという、大衆食堂を経営する女とは、一体どんな人なのだろう。

真帆が想像するのは、気風のいい太目の女将《おかみ》だ。ケラケラと笑い、モリモリと食べ、太目の割にはサクサクと動き、博之の生活を甲斐甲斐《かいがい》しく世話をしている……。

数枚の写真でしか見た事のない母の悠子とまるで別のタイプの女を想像するが、今ひとつしっくりと来なかった。

〈そう言えば、その相手の名前も聞いていなかったな……〉

博之はもっと真帆に言いたいことがあったのだろうと、今になって思う。

他人事《ひとごと》のように聞き、感情が動かなかったはずだったが、それは無意識に自分の気持ちに蓋《ふた》をしていたのかもしれない……。

この捜査を終えたら、ゆっくり博之と話をしようと真帆は思った。

珈琲《コーヒー》は二杯目を飲み終わり、それでもまだ陽は暮れなかった。

周囲にノートパソコンを覗《のぞ》き込んでいる若者の姿も多く、真帆もタブレットを取り出し、捜査資料を改めて眺めることにした。

何か見落としはないか、もう何度も読んだ文字を追っていくうちに、少し微睡《まどろ》んでしまったようだ。

気が付くと、店内に西日が差し込んでいる。

千香が現れるのは、15時過ぎだと聞いていた。

スマホで時刻を確認する。15時半を僅《わず》かに過ぎている。ガラス越しにバスターミナルの方を見下ろすと、夕方の人混みが邪魔をしてそれらしき人物を認めることはできず、急いでカフェを出た。

〈今日は現れないとか……？〉

けれど、予感はしていた。

占いの結果が良くないと、現実には真帆に良いことが起こることが多い。

曜子には絶対に言えないことだが、その確率は今までも高かった。

そして、その人物は、いた。

まだ準備中なのか、写真で見た白い襷《たすき》に頭を入れるところだった。

真帆は千香にゆっくりと近付いた。

「山辺千香さんですね？」

千香もゆっくりと真帆に顔を向けた。

真帆が差し出した警察手帳を見て、千香は一瞬だけ息を止めたように見えたが、すぐに表情を硬くした。

「ちょっとお伺いしたいことがあるんです。お時間いただけないでしょうか」

それには答えず、真帆を無視するかのように、千香は周囲に向かって声を出した。

「府中専門学校生ストーカー事件で犯人とされた山辺弘樹は、無実です！　弟は絶対に人殺しではありません。警察は認めませんが、弟の犯行ではない証拠もあります。どうか、再捜査依頼の嘆願書にご署名ください。お願いいたします！　どうか……」

「山辺さん、私も弟さんは無実かもしれないと思っています。どうか話だけでも聞いてください！」

違和感を無実に繋《つな》げる根拠はまだ見つかってはいない。だが、思わず言い切った自分に真帆自身が驚いた。

千香が体ごと振り向いて、真帆をじっと見つめた。

「……あなた、小磯さんの同僚の方？」

三十六歳と資料にあった千香は、写真よりも年長に見えた。

一回りも歳下である弟の母親代わりとして、長年面倒を見てきたと書かれていたことを、真帆は改めて思い出す。

化粧は薄く、ひとつに結わえた髪には白い物が幾筋か見えた。

銀行をやめてからは、府中市内の小学校向けの給食センターで働いていると言った。

「仕事は午後の3時に終わりますから、こうして署名活動が続けられるんです」

それに、調理の仕込みの作業だから、他人と話すことが少ないので……と、再び戻ったカフェで、千香が低い声を出した。

そして、真っ直ぐに真帆を見つめて言った。

「本気で真犯人を見つけてくれるなら、何でも話しますよ」

「もちろんです。最初に伺いたいのですが、さきほど仰《おっしゃ》った小磯さんというのは、三鷹中央署の刑事だった小磯巡査部長のことですか？」

「そうです。弟の無実を信じてくれた、たった一人の刑事さんです」

「その小磯氏を訪ねて今日三鷹に来たんですけど、もう退職されたと……今、どちらにいらっしゃるかご存じですか？」

千香は口をつけていない手元のカップに一旦《いったん》目を落とし、小さく息を吐いて顔を上げ、「亡くなりました。今月初めに」と、静かな目を真帆に向けた。

「亡くなった⁉　どうして……」

「急性心不全だったそうです。妹さんから私に連絡がきました」

驚く真帆から目を逸《そ》らし、千香は自分の言葉を噛《か》み締めるように話し始めた。

「あなたのように、小磯さんは、駅前で署名運動をしていた私に声をかけてきたんです」

小磯が山辺弘樹の自殺に疑いを持つようになったのは、やはりコンビニ「スマイルマート」の防犯カメラの映像を見てからだったという。

「私も、弟が殺人などできる性格ではないことを知っていましたから、小磯刑事が初めて訪ねて来られて話した時に、弟の無実を確信しました」

「小磯氏はコンビニの映像のことを話されたんですか？」

「ええ。死亡時刻直前の7時半過ぎだったから、最初はカッターとかロープのような物を購入したのかと思って、鑑識に映像の鮮明化を依頼したんだそうです」

解析の結果、購入していたものは、お握り二個ということが分かった。

小磯は、その事実を捜査に生かすべきだと捜査会議で何度も訴えたが、死因に関係するものではなく、却《かえ》って捜査に支障をきたすとして管理官に相手にされず、結局、自殺として処理されることになった。

「捜査資料にも、そのコンビニの映像の記載はなかったらしいです。ちょうど連続強盗事件が発生した時期とも重なり、早く処理したかったに違いないと。小磯さんは納得できずにそのことに拘《こだわ》って捜査のやり直しを求めていたんです」

真帆はタブレットを取り出し、捜査資料に書かれている遺留品の項目を目で追う。

身分証明書のような物は一切ない。無論、携帯電話もない。

着替え用のスウェットや下着、タオル、千円札数枚が入った財布、ニット帽……。

「カッターとかロープはないですね。縊《い》死に使用されたのも、ホテルの湯沸かし器の電気コードですし……お握りはありませんね」

そこまで言い、真帆はあることに気付いた。

「でも、自殺しようとしている人がコンビニに行って、しかもお握りって……何か変ですよね」

「最初は、私も小磯さんもそこが気になっていたんですけど、問題はそこじゃなかったんです」

「え？」

「小磯さんは、後になって、問題は買った物が自殺に繋がる何かか、ではなく、胃の中に残された物を買っていたかどうかだと言っていました」

真帆には、千香の言っている言葉の意味が分からなかった。

「あの、それって……？」

「捜査資料に、解剖した時の胃の内容物が書かれていると小磯さんに聞きました」

真帆はタブレット内の司法解剖鑑定書のページを開く。

「胃の中に残されていた物は……未消化の苺《いちご》、卵、牛乳の成分、粥《かゆ》状のパン等の小麦粉……米飯やお握りの具になるようなものはないですね」

「ええ。弟は自ら買ったお握りではなく、パンか何か、小麦粉を使用した物を食べていたということです」

「じゃあ、お握りはどうしたんでしょうね……遺留品にはないし……」

捨てたか、それこそ記載漏れか……？

混乱した頭で、真帆は千香に怪訝《けげん》な顔を向けた。

「お握りはともかく、弟の胃に残された内容物が問題なんです」

「え？」

千香は軽く座り直し、上体を少し真帆に近付けた。

「弟は、パンやケーキを食べることはないんです」

「え？　それって……」

ある言葉が頭の中を走った。

「そうです。弟は生まれつき小麦アレルギーだったんです」

小麦アレルギー……？

それなら、自ら小麦粉を使ったパンや菓子を口にするはずはない。

「捜査資料にはそんなことは一切……それに、コンビニに行ってお握りを買ったことも記載がありません。千香さんは小磯さんからそれを？」

「ええ。その事実を資料に残すことができないと悔しがっていました」

資料に残す……？

真帆の中で、幾つかの記憶のピースが繋がった。

タブレットの上に指を滑らせ、それを千香に差し出した。

千香が息を飲んだのが分かった。瞬く間にその目が潤み出す。

「紙袋に麦の穂……小磯さんが描いたに違いありません」

「小麦の袋の絵だったんですか……」

「これは食品ピクトグラムと言われる絵文字で、加工食品の材料に小麦が使用されているという意味です。アレルギーのある人は、必ずパッケージに表示されている材料のピクトグラムを調べます。このような小麦のマークが描かれているパンやケーキを、弟は食べることができないんです」

千香の話を聞きながら、タブレットで［食物アレルギー］を検索する。

確かに、小磯が描いたと思われる小麦の袋の絵に似たようなマークがある。

小麦不使用のマークには、麦の穂のイラストに斜線があったり、大きな文字で小麦粉不使用と書かれていたりすることが多いとのことだが、どちらにしても、［小麦アレルギー］というワードに繋がる。

他にも、卵、牛乳、ナッツ類など多数のピクトグラムがあり、それらは食品表示法により、加工食品には表示しなくてはならない、とある。

食物アレルギーとは無縁の真帆は、今までは全くと言っていいほど関心がなかった。

軽度のアレルギーは、一時的に、湿疹《しっしん》、嘔吐《おうと》や下痢で苦しむことが多いが、重症になると、呼吸困難や意識障害を起こすという。

「弟はかなり重症で、小学生の頃にビスケットを食べてアナフィラキシーショックを起こして死にかけたことがありました」

「じゃあ……この小磯さんが描いた絵は」

「彼は、この事実が隠蔽《いんぺい》されて自殺で処理されたことを告発したかったんじゃないでしょうか。この事件は、もっと大きな事件と繋《つな》がっているかもしれないと言っていましたから」

「大きな事件？」

「それ以上は聞けませんでしたが、警察を辞めたら、自分が捜査した内容を匿名で公表することもできるはずだと」

それなら、真帆の推測どおり、捜査資料を読む者がこのピクトグラムに気付き、疑問を感じて再捜査することに賭《か》けていたのだろうか。

それにしても……と、真帆は首を傾げた。

「それなら、マスコミを使うとか、SNSで公表するとか、やり方はもっとあったんじゃないですか？　それこそ匿名で情報を流して……」

「小磯さんからそれを聞かされた時は、私も真っ先にそれを考えました……」

だが、当時のネット上では別の冤罪《えんざい》事件で警察への批判が高まっていた。それゆえ警察上層部からの圧力が強く、小磯の辞職後も被害者やその遺族への誹謗《ひぼう》中傷が激しかったことから、千香も諦《あきら》めざるを得なかったという。

「そもそも、弟があの子のストーカーだったなんて信じられません。なのに、あの子の母親は弟のアルバイト先まで押しかけて大騒ぎして……おかげで弟は無職で引きこもりになってしまいました」

当時を思い出したのか、千香の顔は悔しさに歪《ゆが》んだ。

「その上、弟を茶毘《だび》に付す時に、あの母親は斎場に現れて……」

早紀の母親は、棺《ひつぎ》に向かって手にしていた小石を投げつけて叫んだ。

卑怯者《ひきょう》！

「そして、あの人は私に向かって言ったんです」

必ず復讐《ふくしゅう》してやる！

「復讐って……弟さんは亡くなったのに。まさか、あなたに？」

「それが誰に対してかは分かりませんが、小磯さんは、あの母親には絶対に近付かないようにと言っていました」

被害者の母親が気性の激しい女性であれば、相手が誰であろうと感情をぶつけてしまうことはあるに違いない。

「小磯さんはその頃から体調を崩していたらしくて、警察内でも孤立していたようで、つくづく警察が嫌になったと言って……辞職した時にも電話を頂いたんですが、これで警察とは関係なく存分に調べることができると言って……」

小磯は、その電話の数日後、急性心不全で亡くなったという。

「ようやく信頼できる人と会えたというのに、また私は一人になってしまいました」

一年前、山辺が指名手配されたことで、千香はそれまで勤務していた銀行を退職せざるを得なくなり、友人たちも次々に離れていき、結婚を約束していた恋人も次第に音信不通となった。

そして、そのひと月後に、千香は睡眠薬自殺を図った。

「弟が有罪か無罪か、というより、自分自身に降りかかった災難に絶望して……でも、小磯さんは、そんな私に、自分が必ず真犯人を捕まえて弟の無実を証明すると言ってくださいました。小磯さんは最後まで私のことを気に掛けていてくれたと妹さんから聞いて、心が奮い立ちました。真犯人を絶対に許さない、と」

千香は一気に言い、真帆を改めて強く見た。

「お願いします。どうか必ず真犯人を逮捕してください」

「分かりました。必ず！」

思わず真帆は強く頷《うなず》いた。


『やはり亡くなっていたんですね』

電話から聞こえて来た有沢の声は冷静だった。

「え？　知っていたの？　それなら電話かメールくらい……」

『確実な情報かどうか分からなかったんです。椎名さんだって、山辺の姉に会えたんだったら、もっと早く知らせてくれても良かったんじゃないですか？』

有沢に電話をかけたのは、20時を少し回った時だった。

自宅にいるのかと思った有沢は、まだ七係で残業中ということだ。

『係長や椎名さんのノルマもあるんです。明日《あした》は一課に確認済みの書類を提出しなければならないんですよ、帰れるわけがないじゃないですか』

ごめん、と謝るが、有沢の声は、その内容にしては柔らかい。

先刻、真帆は自宅のある狛江から三鷹に来た時は電車を利用したが、千香の背中を見送りながら、帰宅はバスにしようと考えていた。狛江と三鷹の間は直通運行のバスがあり、時間こそ1時間余りを要するが、始発で前列に並ぶ事ができれば座って帰ることができるはずだった。その1時間余りに、ゆっくりと今後の捜査の段取りを考えたかったのだ。

だが、駅ビルのカフェを出てバス乗り場の想像以上の行列を見た時、真帆の足は即座にJR中央線改札口に向かった。

慣れ親しんだ新宿《しんじゅく》で降り、通い慣れた居酒屋に向かい、小一時間一人で呑《の》み、満員の小田急線《おだきゅうせん》に揺られ、曜子に「まあまあだった」と占いの結果を伝え、「ご飯食べてくるなら連絡してって何回言わせるの！」と怒られ、風呂《ふろ》に浸《つ》かり、部屋に上がった時がすでに20時だったのだ。

……などと説明するわけにもいかず、「ごめん」と一言謝る。

「それで、小磯刑事が亡くなったことは誰から？」

『同期の警察官に決まっているじゃないですか』

聞きようによっては嫌味に聞こえるのだろうが、淡々としているだけで、相変わらず有沢の感情は読めない。

小磯と同期の警察官を調べ、警察学校時代から親交のあった警察官がいることがわかったという。その巡査に退職後の小磯について訊《たず》ねたところ、先日、その警察官あてに小磯の妹から喪中の知らせが届いたということだった。

『小磯刑事のデータを送りましたから、開いてみてください』

タブレットを開き、送られてきた警察官リストを見る。

先刻、三鷹中央署で見たものと同じものだ。

尤《もっと》も、あの時は写真を見せられただけで、経歴を読む隙《ひま》などなかった。

小磯は、三鷹中央署の前は足立東《あだちひがし》署の刑事課に勤務していたとあり、一年足らずで三鷹中央署に異動になった。今から五年前のことだ。

『短期間の転属理由は明らかになってはいませんが、その同期の警察官の話では、小磯刑事の行き過ぎた捜査が問題になったらしいです』

「行き過ぎた捜査？」

『警察官という立場を逸脱した捜査、ということではないですか？　刑事歴は二十年近いベテランですが、最初に赴任した所轄署でも問題を起こして厳重注意処分を受けていますね』

真帆も何度か、その『立場を逸脱した捜査』で危うい経験をしたことがある。

『良く言えば正義感の強い、悪く言えば執拗《しつよう》な性格……麦の穂の袋の落書きは、椎名さんが言われたような狙いがあったと考えられますね』

山辺に小麦アレルギーがあったにもかかわらず、遺体の胃の中には粥《かゆ》状の小麦粉が残されていた。自ら食べたのでなければ、食べさせた誰かがいるということだ。

そして、その誰かは、アナフィラキシーショックを起こして意識障害に陥った山辺の息の根を止めたに違いない。

先刻、山辺に親しい友人や知人はいなかったかと千香に尋ねたが、山辺は幼少時から内向的な性格で、他人と深く関わりを持つことが苦手だったと言った。

それは、逃亡した際に自室に残してあったスマホの着信履歴やアドレス帳にも表れていて、ほとんどが、アルバイト関係者や千香からのものだったと、寂しそうな顔で言ったことを思い出す。

『でも、他殺説はあくまで推測の域を出ませんし、これ以上の捜査は流石に係長でも……』

「係長には、きちんと説明をして許可を取るよ。有沢さんには迷惑をかけられないから、一人で何とかやってみる」

後は吾妻しか頼る者はいないが、ここまできて止めるわけにはいかない。

すると、しばらくの沈黙の後に、有沢が鋭い声を上げた。

『一人でなんて出来ませんよ！　椎名さんが続けるなら、私だって今更手を引くわけにはいかないじゃないですか』

初めて聞く有沢の感情的な声だった。

『私は明日から被害者の森田早紀の周囲を調べてみます。加害者の周囲にどうしても目が行きがちですが、被害者の家庭環境や交友関係も捜査し直す必要があると思います』

有沢も、真帆が捜査を続けることを予想して、これからの捜査方向を予《あらかじ》め決めておいたに違いなかった。

キャリアの意地か、単に負けず嫌いなだけかは分からなかったが、有沢の洞察力と実行力は真帆も認めざるを得ない。

最初は堅物の有沢とはまるで話が合わず、同じ事案の捜査をするなど考えたくもなかったが、同じ部署の相方の方が、離れた所轄署にいる吾妻よりは遥《はる》かに話が早いと思った。

「森田早紀の両親に、もう一度詳しい話が聞けないかな」

『両親に話を聞くのが早道でしょうが、母親は早紀の死後から鬱《うつ》を発症して話を聞ける状態ではないということです。継父の方は、あれ以来マスコミのインタビューどころか警察の事情聴取も一度しか受け入れていないそうです』

公の捜査員すら拒否されるのであれば、自分たちのように勝手な捜査をしている刑事になど協力してくれるはずもない。

「了解。明日は七係に一度顔を出してから、山辺の遺体が見つかったホテルに聞き込みに行こうかと思うんだけど」

他殺の可能性を訴えた刑事がいたにもかかわらず、早急に自殺で処理してしまう上層部に、誰も何の疑いも持たなかったのか。

資料と同じ結果でも良い。真帆は自分の捜査で納得したかった。

『そうですね。さすがに連日休みでは係長もいい顔はしないでしょうが……』

重丸は今朝、「これからまた出張なのよ。緊急連絡はスマホによろしく」と有沢に言い、足早に退室したという。

『ですから、明日は係長が登庁するかどうか分かりませんし、あの様子では、当分私たちの行動には無関心のはずですよ。年末ですしね』

重丸の長女が、年明け二月に中学受験という話は聞いていた。

出張が本当かどうかは分からないが、重丸の不在は、真帆にとっては有り難かった。

明日は本庁から三鷹に向かわなければならない。

起床は6時か。

先週末から着ている紺のパンツスーツをハンガーに掛け、本庁勤務が決まった際に曜子が新調してくれたヘリンボーンのスーツを椅子の背にかけた。

最初はオッさん臭い《かんろく》と馴染《なじ》めなかったスーツだが、曜子が言った通り、それなりに刑事の貫禄が出るような気がする。

これで身支度には5分もかからないと安堵《あんど》し、ベッドに潜り込む。

スタンドの灯《あか》りを消し、頭を枕に着けた瞬間、何か大事なことを失念しているような不安に襲われた。

少し考え、寝返りを打った時だった。

それは記憶の底から、いきなりずるりと這《は》い上がってきた。

卑怯者《ひきょう》！

「そして、あの人は私に向かって言ったんです」

必ず復讐《ふくしゅう》してやる！

「それが誰に対してかは分かりませんが、小磯さんは、あの母親には絶対に近付かないようにと言っていました」

絶対に近付かないように……。

鬱を発症したという章子の、まだ見ぬ顔を真帆は思い浮かべた。

けれど、いくら想像しても、それは明確な輪郭を持つことはなかった。

殺意 II

二日ぶりに会う老婆は、もう女のことは覚えていないようだった。この老婆の担当になって、もう八ヶ月も過ぎようとしているが、会う度に「初めまして、ヨシカワと申します。よろしくお願いね」と女は言われる。

その色のない乾いた唇に深紅の口紅を塗り、薄くなった白髪に櫛《くし》を入れる。

「この口紅の色の名前知ってる？ カーマインと言うのよ。私はこの色の口紅しかつけないから覚えておいてね」

このセリフも会うたびに繰り返される言葉だが、女は笑顔で頷《うなず》き、「この色が一番お似合いですものね」と言う。

老婆は、満足そうに目を細め、手鏡を決して離そうとはしない。

おそらく、あと1時間もしないうちに居眠りが始まるはずだが、それまでの間、以前は舞台女優だった彼女の昔話に付き合うことになる。

女は幼い頃に老婆をテレビで観たことがあり、その記憶にある彼女の、大きな写真が部屋の壁に架けられている。

写真の中で嫣然《えんぜん》と微笑む若い女は、大きな羽根付き帽子に白い豪華なドレスを纏《まと》っている。

老婆の長い昔話は、その「マイ・フェア・レディ」の主役を勝ち取るまでの苦労話がほとんどだ。

「……演出家と寝たとか、お金を積んだとか散々言われたけど、ふざけるんじゃないわ。そんなことしてもこの主役はもらえないわよ……あ、そうだわ、今日のランチは風香堂《ふうかどう》に行きましょうよ……あなたにもご馳走《ちそう》しなきゃ……でも、デザートは私いただかないわ。来月オーディションがあるんだもの……」

芝居のセリフのような、この言葉の流れもいつもと同じだ。

老婆の声を聞きながら、女は窓の鍵《かぎ》を外して外気を入れる。

最上階の五階にあるこの部屋は「A特別室」と呼ばれ、ホームの中では一番豪華で、設備も他の部屋とは異なっている。

窓も大きく切り取られていて、皇居の森が間近に見える。

都内にある有料老人ホームの中でも、この施設は設備の良さやスタッフの対応力の良さで常にランキングの上位を維持している。

客のほとんどが認知症の老人ということを除けば、その内実は高級ホテルと変わらない。むしろ、目覚めから就寝まで付きっきりで世話をする専属の係がいることは、ホテル以上の待遇だ。

女が世話係の仕事を始めたのは、老婆との偶然の出会いだった。

それまではレンタルタオル会社の社員で、小規模なクリニックや介護施設を回り契約を取るという営業の仕事をしていた。

ある日、上司に言われるままにこのホームを訪れ、華美なホールでスタッフと商談をしていると、車椅子で通りかかった老婆が、女の顔を見て叫んだ。

「ナツコ！　あなた、今までどこに行ってたのよ！」

あの時、この老婆が目にいっぱい涙を浮かべ、赤ん坊のように声を出して泣いたことを、女は今でもはっきりと覚えている。

老婆は女を、長年付き人をしていた後輩の女優だと思い込んだようだ。

女の容姿のどこがどう似ていたのかは誰にも分からなかったが、前任者の介護士は、女の声が、その女優の声と良く似ていると言った。

「いきなり辞めちゃうなんてひどいわよ。私とずっと一緒にいるから、ママって呼んでいい？　なんて言ってたじゃない！」

泣きじゃくりながら怒る大人を、女はその時初めて見た。

その数日後に、ホームの施設長から会社に連絡があり、レンタルタオルの契約と引き換えに、女を老婆の専属世話係として派遣させて欲しいとのことだった。

世話係というのは、文字通りその老婆の全てをお世話するということで、介護経験のない女は戸惑ったが、それまでの給料の倍額の数字を提示されて承諾した。

期間は、「ヨシカワさんが亡くなるまで」。

老婆は女と会った日以来、「ナツコはどこ？　ナツコが帰ってこないならご飯なんて食べてやらないわよ」と、食事を拒否するようになったという。

来年は八十八歳になる老婆は、ずっと独身を貫き舞台女優として生きてきた。両親を早くに亡くし、兄弟にも先立たれていた。認知症になる前は、ボランティアで小学校や老人施設で朗読をするのが生き甲斐《がい》だったと施設長から聞いた。

その頃は、華やかな世界に生きてきた人物とは思えないほど謙虚で物静かな女性だったというが、認知症の診断が下った数ヶ月後から、その裏側に隠されていた横柄でエゴイスティックな性格が顕《あらわ》になった。

ナツコという女性は弟子のような存在で、老婆の付き人をしながら演劇の勉強に励んでいた。だが、老婆の変貌《へんぼう》ぶりに辟易《へきえき》し、彼女の機嫌が良い時を狙い、貸金庫に預けてあった多額の現金を取り出させ、その何億かの金とともに老婆を施設に入れた。

そして、ナツコは二度と施設には現れず、その後の消息も不明だという事だ。

女には、ナツコの気持ちや行動が良く理解できた。

自分が本物のナツコだったら、こんな高級な施設に入れてやるだろうか……。

女が老婆に「ナツコ」と呼ばれるようになってから、すでに八ヶ月。

だが、老婆が女をナツコと呼ぶまでに、いつも数時間はかかる。

朝に顔を合わせる時は、老婆にとって女は初対面のヘルパーだ。

毎朝、老婆は「初めまして……」で始まり「……私はこの色の口紅しかつけないから覚えておいてね」で終わる。

それから18時の就寝まで、いつものように延々と女優時代の話を聞かされる。

老婆が女をナツコと呼ぶスイッチが何処にあるのかは分からない。

食事の後に、不意に「ナツコ、このお魚は何？」と聞いてきたり、眠りに就く瞬間に「おやすみ、ナツコ」と真顔で言ったりする。

老婆の中で、女がナツコに変わる瞬間は、誰にも予測できない。

最初は戸惑い、恐れもしたが、今ではすっかり慣れてしまった。

仕事は閉鎖的で、あまりにも退屈だ。

食事や身支度、話し相手が主な務めで、トイレや入浴介助はプロの介護士が担当する。

昨日は女の週一の休暇だったため、老婆はいつものように食事を拒絶したらしかった。

老婆が食事も摂《と》らずに不貞《ふて》腐《くさ》れていた頃、女は、酔い潰《つぶ》れて炬燵《こたつ》で眠ってしまった男の顔を眺めていた。

昨夜もたった2錠の睡眠導入剤で、男の張り手から逃れることができたのだ。

月に一度、男が隣町のメンタルクリニックで処方してもらう薬は一日1錠だ。

あの時、女が手にしていたガラスの小瓶に薬はもうなかった。

その小瓶の中に、老婆に処方された錠剤をそっと詰め込む。

薬の管理も女の仕事だ。

月に一度の内科医による訪問診療の際、老婆は寝つきが悪くて辛《つら》そうだと女は訴え、医師はひと月分の睡眠導入剤を処方する。

けれど、普段の老婆には睡眠導入剤は必要ない。

17時きっかりに食べるバランスの取れた夕食後に嗜《たしな》む僅《わず》かなワインで、老婆はすぐにコロリと眠ってしまうから。

ひと月分の錠剤は、毎月20錠以上も残り続けている。

クッキーの空き缶に溜《た》め込んだ錠剤は、優に人間一人の致死量を超えているはずだ。

それは、女が管理を任され、鍵を預かっているクローゼットの貴重品入れの引き出しに隠されている。

女はその中から小瓶いっぱいになる量の錠剤を包装シートから外し、一粒ずつ丁寧に祈るような気持ちで詰め込む。この薬が、女と生後十ヶ月の娘を、あの男から守ってくれることを信じて。

聞こえているのは、老婆の寝息と時計の針の音。

女はこの儀式のような時間が好きだ。

錠剤の小さな粒が指をすり抜け、部屋の隅に転がるのを目で追うと、眠っていたはずの老婆がじっと女を見て言った。

「ナツコ、また私の指輪を盗《と》ったわね」

今夜はワインを欲しがらなかったことを思い出した。

早く寝かしつけなければ、また帰りが遅くなる。

炬燵に寝転ぶ不機嫌な男の顔が思い浮かぶ。

女は微笑みながら答えた。

「いやぁね、ママ。また悪い夢を見たのね。さ、今夜はお薬飲んでゆっくり休みましょうね」

背骨の感触がはっきりと伝わる老婆の上体を起こし、温《ぬる》いほうじ茶が入った湯呑《ゆの》みを持たせ、女は倍用量の錠剤を手に取った。

刑事 Ⅲ

そのビジネスホテルは、三鷹駅南口の繁華街を通り抜けた、瀟洒《しょうしゃ》なマンションや戸建てが立ち並ぶ閑静なエリアにあった。

「ホテル・花カイドウ」の名前は、三鷹市のシンボルフラワーである花海棠《はなかいどう》から付けられたと、ホテルのホームページにある。

花海棠は、春の終わりに咲く淡い紅色の愛らしい花だ。

〈ここ……？〉

スマホの地図アプリを頼りにホテルの前に立ち、真帆は啞然《あぜん》となった。

その建物は写真よりもかなり古く、その名前の華やかさは全く感じられない。

ビジネスホテルに華やかさなどは必要ないのだろうが、いかにも殺人犯の最後の舞台に相応《ふさわ》しく、暗く、陰鬱《いんうつ》な建物に見えた。

尤《もっと》も、真向かいに立つ高層マンションに日光を遮られているせいもあった。

「いらっしゃいませ。ご予約のお客様でしょうか？」

そう広くないロビーに足を踏み入れるなり、カウンターの中から五十代位と思われる女性が笑いかけてきた。

制服らしい白シャツと黒いベストスーツ姿だが、どこか垢抜《あかぬ》けない雰囲気の女だ。

「あ、いえ……ちょっとお尋ねしたいことがありまして」

途端に、女は窺《うかが》うような目付きになり笑顔を消した。

「週刊誌か雑誌の記者さんですか？」

女は、真帆を足下まで一瞥《いちべつ》し、あからさまに嫌な声を出した。

仕方なく手帳を提示すると、女はますます不機嫌な顔になった。

「もう全部お話ししたとおりですよ。迷惑なんですけど」

「申し訳ありません。ご遺族から詳細な説明を求められていまして……」

「あの自殺した人って、殺人犯だったんですよね？　今更、詳細な説明って……」

疑わしい目付きで言う女に、「ご遺族の辛《つら》い立場をどうぞご理解ください」と頭を下げると、女は黙ったままロビーの端にあるソファを指した。

「何度もすみませんが、捜査資料に記載漏れがないか確認をしながら二、三ご質問させて頂けたら助かります」

合皮の硬いソファに座るなり、真帆は深々と頭を下げた。

まともに目を合わせると、その風格に圧倒されて言葉が出なくなる危険を避けたのだったが、真帆の低姿勢に気を良くしたのか、「どうぞ。そちらも仕事ですものね」と声を和らげた。

女はこのホテルの主任で、須藤《すどう》早苗《さなえ》と名乗った。

「こんなに古くて小さなホテルだから、いつもは半分も予約がないんだけれど、あの日は珍しく満室で……」

真帆は手元のタブレットを開く。

事件当日の供述調書には、遺体の第一発見者とある。

「三泊の予約だったんですけど、11時のチェックアウトの時間が過ぎても降りて来ないし、館内の電話にも応答がないからスタッフと二人で部屋に行ってみたんです……」

同行した従業員の氏名は［安倍《あべ》美穂《みほ》・二十三歳］とある。

ドアを何度かノックしたが応答がなく、マネージャーの許可を得て解錠すると、山辺は浴室のドアに背中を預けて座り込み、ノブに掛けられた湯沸かし器の電気コードで首を吊《つ》っていたという。

資料内の二人の供述調書と内容は変わらない。

「……それが、午前11時半過ぎですね？」

「ええ。すぐに警察に連絡して……救急車も来ましたけど、どうみたって」

検視の結果、山辺の遺体は死後約3時間と書かれている。

「首を吊ったのは、午前8時半頃ということになりますね」

自殺者の多くは、深夜から明け方に決行する傾向がある。

「その日は雨だったとか？」暗く陰鬱な日を想像するが、須藤は笑みさえ浮かべてあっさりと言った。「いいえ。秋晴れの気持ちのいい朝でしたけど」

山辺がコンビニに行ったのは、死亡時刻の1時間ほど前だ。

「自殺直前にコンビニに行っていたようですが、スタッフのどなたか、その時の様子を見た人はいるんでしょうか？」

「その時刻はスタッフ交代の時間帯で、いろんな引き継ぎに追われていて、誰も見ていないと思いますけど、このロビーの防犯カメラの映像は警察に渡しましたよ」

捜査資料にはその防犯カメラの解析結果があり、事件の三日前にチェックインする山辺の姿が確認され、当日の朝に外出し、その後の映像に山辺の姿は映っていないとある。

「被疑者はチェックインしてから一度しか外出していない……食事はどうしてたんだろう……」

何回か読んだはずの資料だが、改めてその不自然さに気付き、思わず呟《つぶや》くと、須藤が自分に対して放った言葉と勘違いしたようだった。

「え？　あの人はチェックインした日から毎日出かけてましたよ。時間は朝だったり昼過ぎだったり……帰りは決まってビニール袋か紙袋をぶら下げていたから、コンビニかどこかで食料を買い込んでいたんじゃないですか？　ここの連泊客は、大概近くのファミレスかコンビニ弁当で食事を済ますから」

「そのことは警察には話されました？」

「ええ、チェックインした日の様子とかは特に。何しろ、口をきいたのはその時だけですから」

須藤は何か含みを持った笑みを浮かべた。

「何か気付かれたことでもあったんですか？」

「あの騒ぎの前日の昼頃のことなんですけど、コンビニの袋をぶら下げて戻ってきた時、私もちょうどフロントにいて……」

須藤はそこでウフッと変な笑い声を立てた。

「あの人、すごく無愛想で私なんかとは目も合わさないのに、アベちゃんをチラッと見てすごくいい笑顔で頭を少し下げたから、やっぱり若い子が好きなフツーの男の子なんだなって……あの子、殺人犯だったんですよね？　そうは見えなかったわ」

アベちゃん、とは、遺体を一緒に発見した安倍美穂のことで、半年程前から勤務していた清掃スタッフだという。

「その方にもお話を伺えますか？」

須藤は即座に首を左右に振った。

「あんなことがあったせいか、アベちゃん、その後すぐに辞めちゃったのよ。ま、若い子は誰でもこんな仕事は続かないけどね」

「その安倍さんは、今どちらにいらっしゃるかご存じですか？」

「さあ、辞めるのも電話で伝えてきたくらいで、それも一番忙しいチェックインの時間だったから、聞く暇なんかありませんよ。ちょっと派手な女の子だったから、キャバクラででも働いているんじゃないですか？　以前は地下アイドルみたいなことしていたって言ってましたから……」

須藤の「アベちゃん話」は長々と続いていたが、真帆は、見たことのない山辺の気配が、まだこのホテルに漂っているように感じ、その姿を想像していた。

ストーカーするほど早紀に執着していた山辺でも、若い女の子を眺めることは、逃亡中の唯一の息抜きにでもなったのだろうか。

須藤の声は続いていて、その大半は頭を素通りして消えたが、声のトーンを下げて放った言葉だけは、妙にはっきりと頭に響いた。

「……まあ、こんな所じゃ、本名じゃなくても雇わなくちゃ手が回らないんですけどね」

捜査資料には、ホテルロビーにある防犯カメラの映像の詳細な記載はなかった。

事件の三日前にチェックインする山辺の姿が確認されたが、その後遺体となって見つかる朝に一度外出しただけで、その後の映像に山辺の姿は映っていないとある。

だが、須藤の話では、遺体が見つかる朝までの中二日間、食事の買い出しなどに外出をしていたと言う。

そして何より、遺体が発見された4時間前にコンビニに姿を現していることを、コンビニの店主が証言しているのだ。

ホテルの映像については、チェックイン時以外は記載がない上、コンビニに至っては、映像を解析した事実すら書かれていないのだ。

〈どういうこと……？〉

何故、その事実を隠さなければならないのか。

有沢が言うように、単なる職務怠慢の結果か。否《いや》、うっかり書き忘れたなどという単純ミスより、隠さなければならなかった理由がある、という方が自然だ。

それが早期解決を急いだ所轄の企《たくら》みなら、あまりにもずさんな話だ。

『だから、いい加減なんですよ。どうせ再捜査なんてすることもないからと……』

有沢の言葉を思い出す。

〈……それで一件落着なら、面倒なことにもならないってことか〉

「じゃ、もういいですか？　そろそろチェックアウトの準備に入りますので」

須藤がフロントの方を気にしながら、腰を浮かせた。

「すみません、あと一つだけ」

真帆も立ち上がって食い下がる。

「何？」

須藤はあからさまに不機嫌な声を出した。

「その安倍美穂さんの履歴書とか、写メとか」

「そんなのはありませんよ。電話を入れてみたけど、解約されているみたいよ。携帯、変えたんじゃない？　こんな職場で働いてたことを友だちとかに知られるの、嫌なんじゃないかなあ……リセットしたのよ、いろいろ。そういうのって、分かる気がする」

不機嫌な割には、須藤は滑らかに言葉を繋《つな》げた。

「あ、あと一つ……」

「一つだけじゃなかったんですか？」と、須藤が今度は別人のような低い声を出した。

「その人を訪ねて、誰か……中年の女の人とか訪ねてきたりなんか……」

真帆は早紀の母親のことを思い浮かべていた。

あり得ないはずだが、一応尋ねる。

須藤はあからさまに見下すような目付きを投げ掛けてきた。

「そんな人がいたら、真っ先に警察に言いますよ！」

須藤は吐き捨てるように言い、背中を見せた。


〈今日のラッキーカラーは何色だろう〉

時刻は10時半前。

三鷹駅近くのカレーチェーンに入り、曜子からのメールを開ける。

《一匹の茶色い猫が何かを探しているのが見える……ようやく探し物の小魚を見つけて手に取る瞬間、背後に現れた別の黒猫に奪われる。ラッキーカラーは翡翠《ひすい》色》

〈何だ、コレ。トンビに油揚げ……ってやつ？〉

読むんじゃなかった、と後悔する。

翡翠など身近にあるはずもなく、それに近い緑色の物など持ってはいない。

一応、曜子に頭を下げた豚のスタンプを送り、真帆は再び今日初めての食事であるスープカレーのスプーンを取り上げた。

今朝は予定通り6時に起き、七係のドアを開けたのは7時半だった。

就業開始時間まで1時間あり、てっきり無人だと思った室内に重丸の姿を見た瞬間、真帆は動揺を隠せなかった。

『あら、早くからどうしたの……って、人のこと言えないか』

重丸はデスク上のパソコンで、打ち込み作業をしているところだった。

『おはようございます。昨日は家庭の事情でお休みを頂いたのですが、できれば今日も有休を頂きたくて、一課に届を出した方がいいかな、と』

『電話でいいじゃない？　わざわざ来なくてもいいのよ。現場じゃないんだから』

『はい。正直言うと、私物を取りに……』

先日置き忘れた、真帆にとって大切な物を取りに来たのも嘘ではなかった。

『何、それ』と、真帆がデスクの引き出しから取り出した物を見て重丸は目を丸くした。

『オイル式カイロです。私、使い捨てカイロが苦手で……』

『今どき、それ使う人がいたのか』と重丸が言うように、実は真帆も最近までこのカイロのことは知らなかった。

『父からプレゼントされたんです。刑事には必要だって』

真帆が本庁勤務になったことを一番喜んだのは、博之だった。

真冬の捜査にカイロは必需品だからと手渡された時は、正直困惑した。

刑事とはいえ、娘へのプレゼントとしてはどうなのだろうと思ったけれど、その形や、穏やかな温《ぬく》もりに、真帆は博之の優しさを感じた。

最初はその使用方法に戸惑ったが、思ったほど難しいものではなく、ベンジンを注ぎ、注ぎ口をライターなどで点火するだけだった。

ただ、貼り付けタイプの使い捨てカイロとは違い、コートのポケットに入れるしかなく、こうして時々カバンの中やデスクの引き出しに忘れてしまうのだ。

『いいお父さんね。うちのバアさんも昔使っていたわよ、そのカイロ。あ、娘にもプレゼントしようかな。受験日も寒そうだから』

軽く笑い、重丸は再び作業に戻った。

口を閉じてしまった重丸にそれ以上話しかけることは躊躇《ためら》われ、真帆はカイロにベンジンを注ぎ終えて急いで退室したのだった。

〈でも、あんな早朝に、係長は何の仕事をしていたんだろう〉

今更ながら怪訝《けげん》に思う。

まさか本気で言ったのではないだろうが、中学受験をする年齢の娘が、昔風なカイロのプレゼントを喜ぶとは思えなかった。

そのカイロが、今、上着のポケットの中で真帆の体を温めてくれていた。

カレーを食べ終えて珈琲《コーヒー》に手を伸ばした時、手元に置いていたスマホが光った。

有沢からのメールだ。

今日は有沢も休暇を取り、被害者である森田早紀の家庭環境や交友関係を調べると言っていたことを思い出す。

《森田早紀の情報があります。時間が空いた時に電話をください》

すぐに立ち上がりカレー店を出るが、先日利用した電話ボックスは遠かった。

周囲を見回すと、近くにバス停が見えた。幸い、人影はない。

バス待ちのふりをして標識の側に立ち、有沢に電話を入れる。

『今、三鷹ですか？　これから府中に来ていただけますか？　北口にある喫茶［シューベルト］にいます』

有沢が府中に……？

「何で？　何で府中にいるの？」

『それは後で話します。動けるようでしたら、すぐに来て下さい。場所のURLを送ります』

すぐに切れた電話を握りしめ、真帆は一度大きく深呼吸をした。

肺の中に新鮮な冷気が入り、苛立《いらだ》つ気持ちを鎮めてくれるような気がした。

有沢は確かに自分より三歳下だが、その三年の間に会話のルールと言うものは変わってしまったのか――。

〈そんなに私って年寄りになったのかな……第一、人を呼び出すんじゃなくて、若いあんたがこっちに来るべきなんじゃないの？〉

そう思いながらも無意識に早足になり、電車の乗り換えも迷うこともなくその喫茶店の前に立った。

その外観は、比較的新しそうなビルの一階にあった。店名から想像していたよりシンプルな店内に入ると、人の姿は疎《まばら》で、窓際の一番奥の席で揺れる片手が見えた。

有沢ではない人物が、真帆の名を呼んだ。

「……これも合コンの礼儀？」

真帆が呆《あき》れ顔で言うと、有沢の向かい側に座る吾妻は、途端に顔をしかめた。

「おまえね、俺だってわざわざ時間を割いて協力してやってんだぜ、有り難いと思え」

「吾妻巡査に協力をお願いしたのは私です。府中西町署に一緒に行っていただきました」

だよね……と言う感じで、吾妻が有沢に微笑んだ。

府中西町署は、森田早紀殺害事件の捜査本部が立てられた署だ。

遺体は秋川渓谷で発見されたが、捜査資料にあったとおり、管轄の青梅東山《おうめひがしやま》署ではなく、被害者の居住地であり、以前から山辺からのストーカー行為を相談していた府中西町署が捜査の指揮を執ったのだった。

「ガイシャの周辺を探るんだったら、地元が一番だろ。俺、聞き込み得意だしさ」

吾妻が嬉《うれ》しそうな顔で言い、再び有沢に笑顔を向けた。

「はい。吾妻巡査には車も出して頂いて、感謝しています。西町署にとってもすでに解決済みの事案ですから、それらしい理由がなければ何も聞き出せませんから」

有沢は吾妻とペアの捜査員を装い、早紀の過去や山辺との関係について、捜査に加わった警察官に話を聞いたという。

「同じような事案を担当しているので、捜査方針の参考のために話を伺いたいと言って、捜査に加わった巡査部長から情報を得ることができました」

「いやぁ、有沢さん……いや、有沢警部には感心したよ。相手もなかなか頭の切れるヤツでさ……」

定年間近のその巡査部長は、有沢の言葉を鵜呑《うの》みにした訳ではなさそうで、二人を探るように見る目は最後まで変わらなかったという。

「でも、こちらが知りたいことは聞けましたし、新しい情報も入手できました」

そう言いながら、有沢は手元のタブレットを真帆に差し出した。

「その巡査部長から、府中西町署にある捜査資料を提供して頂き、被害者の家庭環境や交友関係の詳細を私がまとめたものです。今迄《いままで》の情報と重複しているところもありますが、新しい情報も得られています」

（森田早紀の家庭環境）

継父である森田雅人と母親の布川《ふかわ》章子が結婚したのは、早紀が三歳の時だった。

章子は未婚で早紀を産み、シングルマザーのまま子育てをしていた。

森田雅人との出会いは、当時章子が保険会社の外交員として訪れた大学だった。

雅人が研究員として勤務していた大学院の研究室に、章子は営業のために何度か訪れていてお互いに顔見知りではあったが、休日の駅で雅人は子連れの章子と偶然に会い、それ以来交際が始まった。半年後には三人での暮らしが始まり、一年後に入籍。


「シングルマザーと結婚するには早すぎない？　それまでも顔見知りだったから、お互いに意識していたのかな」

「章子は雅人より二歳上ですし、一人で子育てを頑張っている姿が頼もしく見えたのかもしれませんね」

「いやいや、男だったらその母娘《おやこ》を自分が守ってやりたいって思ったんだぜ、きっと」

「いえ、雅人はまだ収入もそれほどなかったようですし、数年くらいは章子が働いて雅人の勉強を助けていたそうですよ」


雅人は生活の不安を抱えることなく博士号を取得し、私立K大学の教員として就職。順調に助手、講師、准教授とステップアップし、昨年、教授に昇格。マスコミに顔を出すようになったのは教授になってすぐのことで、文化人をマネージメントするエージェントにスカウトされたのが切っ掛けだった。

社会心理学者としてのコメントより、その華麗な容姿が人気を呼び、民放のニュース番組のゲストコメンテーターとして活躍していた。

「四十六歳……いわゆるイケメンおじさんか」

「将来的には、ゲストではなく自分の番組を持つかもしれないと言う噂もあったようです。継娘《ままむすめ》とはいえ、やっぱり早紀の非行歴や殺人の被害者となったことは、イメージ的にマイナスになりますね」

「そうでもないぜ。このオッさん、こないだテレビで別の似たような事件のコメントした時、目がうるうるしていたって、ネットで同情の書き込みすごかったらしいぜ」

「わざとらしいとか演技派とか、批判的な書き込みも多かったですけどね」

雅人が教授になるまでの十数年、章子が事実上家計を助けていたというが、早紀は幼少時から雅人には懐いていなかったこともあり、雅人は早紀には関心が薄かったようだ。

それは、親子の近くに住む住民の目撃証言にもある。

《ここ数年、早紀を伴い三人で出かける姿を一度も見たことがない》

章子は、雅人が准教授になった年に勤めていた保険会社を退職し、専業主婦となった。

その頃より、中学生になっていた早紀の非行が顕著になり、章子は早紀の行動に厳しくなり、母娘は絶えず口論していた。

森田早紀は、ニュースサイトの記事にあったとおり、万引きの現行犯で中学二年から高校入学までに四回補導されている。私立の中高一貫校で退学にならなかったのは、やはり父親が多額の寄付をしていたからだという噂がある。

母親からの束縛に反抗するように、早紀は高校時代からアルバイトを始め、深夜に隣町の不良グループと遊ぶようになり、高校を休むことも度々あった。

そんな早紀に変化が訪れたのは、三歳年上の大学生との交際が切っ掛けだった。


「その大学生は継父のゼミに通う教え子で、氏名は井上博己《いのうえひろみ》。一浪して現在は四年生ですが、IT関連会社を友人と起業しています。最近では授業を欠席することが多くて卒業が危ぶまれているようです」

「そんなことまで分かったの？　個人情報だし、事件と直接の関係はないから難しいと思ってたのに……あ、キャリアの特権というヤツで？」

「椎名さん、それは私のような下っ端には無理です」

「意外にあっさり教えてくれたんだよ。怖いねえ、警察も」

（森田早紀の交友関係）

幼い時より母の章子が働いていたため、早紀は託児所や保育所で育ったようなものだった。継父の雅人は育児には無関心で、研究所に泊まり込んで論文を書く毎日だったため、早紀は同級生の友人やバイト仲間には、雅人が戸籍上は継父だが、単なる同居人のような存在だと言っていた。

目立つ容姿のため、中学時代から男友だちが多かったが、高校生になってから不良グループと付き合い始め、その万引き癖も知れ渡ったことから、それまでの友人の多くは関係を絶っていた。

高校三年生の夏、雅人が勤める大学のサークルのゼミ生の合コンに、数合わせのために出席した場で、早紀は井上博己と出会う。

その後すぐに交際が始まり、明るく勤勉な井上の影響からか、生活態度は次第に落ち着いたものとなり、コンビニのアルバイトも辞め、専門学校に真面目に通う日々が続いていた。

早紀が山辺と出会ったのは約一年八ヶ月前。

コンビニ「マーメイドチェーン」にアルバイトとして勤め始めた時、その数週間前から山辺が勤務していて、早紀のシフトと重なることが多かった。山辺は早紀がコンビニを辞めてからも早紀の周辺を彷徨《うろつ》き、早紀は章子を伴い府中西町署に被害届を出している。

「この時、所轄の対応が悪かったんだよね」

「どこの警察署でも対応は変わらないと思います。担当者が話を聞いて被害届に記入させるか、担当者が代筆するかして、書類を作って終了です。その書類は膨大な書類倉庫の棚に積まれるだけですよ」

「いくら何でも、そんなにお粗末な対応はないんじゃないか？　せめて山辺の素行くらいは調査するだろ？」

「しませんよ。被害者が政府の重要人物や大物文化人でもない限り」

真帆は、以前抱いた違和感を思い出した。

まさか……。

「有沢さん、もしかして」

有沢が少し暗い目をして真帆を見た。

「ええ。私も経験者です」

有沢が大学二年生だった夏休み、大学のセミナーハウスでの映画研究会の合宿に参加したのが始まりだった。同じ合宿に参加していた先輩の男子学生が有沢に交際を求めたが、有沢が速攻で断ったことを恨みに思い、それからストーカー行為が数年近くも続いたという。

「始まってすぐに警察に被害届を出しました。担当の警察官は書類を確認してとても優しい声で言ったんです」

何かあったら、すぐに連絡してください。

「何かあったら……何かあった時はもう遅いんです！」

当時の憤りが蘇《よみがえ》ったように、有沢は紅潮した顔で言い放った。

「何もなかったのね？　怖いことは」

「いいえ、ありましたよ。怖いことだらけでした。携帯電話も変えたのに、いつの間にかメールや無言電話も。内容は、こんなに想っているのに何が理由で避けるんだと。でも、一番怖かったのは……」

「ど、どんなことをされたの？」

身を乗り出す吾妻に、有沢は何でもないようにさらりと言った。

「うちの最寄り駅で電車に飛び込んだことですね」

午後から早紀の元カレの聞き込みにK大学に向かうという有沢とドライバーの吾妻と別れ、真帆は府中駅から下り一駅先の、分倍河原《ぶばいがわら》に向かった。

捜査資料に記載があった、山辺姉弟《きょうだい》の住居がある町だ。

聞き込みの目的は、有沢たちと真帆も同じだ。

先刻、有沢のストーカー経験話の後、気まずい雰囲気を洗い流すように、吾妻が今後の捜査方針を組み立てた。

正式な捜査ではないから方針を立てるなどという大袈裟《おおげさ》なものではないが、仕切り屋の吾妻の得意分野だから、口は出さないでおいた。

三人の見立ては今のところは共通している。

早紀を殺害したのは山辺ではない可能性が高い、ということ。

そして、山辺の死は自殺に見せかけた他殺であるということ。

つまり、早紀を殺害した誰かが、山辺に罪を被《かぶ》せたということ。

二人を殺害した真犯人の動機は何か……。

それは、早紀の周辺にいた誰かで、山辺が小麦アレルギーだということも知っていた者。

だが、有沢と吾妻は、その山辺の死には、もう一つの可能性を言っていた。

『自ら食べて自殺をした可能性だってあると思います。小麦粉で作られたパンかケーキ類を食べてショック死を望んだとか』

『そう、そして死にきれずに首を吊《つ》った可能性だって考えられるよ』

だが、真帆はその可能性は低いと考える。

コンビニで買ったお握りのことだ。

第一、山辺は早紀の殺害容疑で指名手配され、十ヶ月近くも逃亡していたのだ。

その逃亡の意味は、早紀を殺したことを認めるからか、姉の千香が言うように、手を下していないからこその逃亡か——。

そして、何故あのタイミングで自殺しなければならなかったのか。

やはり、不自然なことが多すぎる。

けれど、どちらにせよこの一連の事件の発端は森田早紀の事情にある。

まずは早紀と山辺の、もっと詳細な交友関係の聞き込みをし、今までに上がらなかった人物も含めての洗い出しが先決だと言う吾妻の意見は正しいはずだ。

真帆は山辺の自宅周辺や勤めていたコンビニに聞き込みをして、姉の千香も知らない交友関係や本人自身が抱えていた問題を調べることにした。

本人のことを、家族が他人よりも理解しているとは限らない。

千香以外の山辺を知る者の話を聞きたかった。

山辺弘樹は、どういう人間だったのか。

殺人事件の容疑者として指名手配されてから十ヶ月、どんな思いでどんな時間を過ごしていたのか――。

そして、どんな経緯があって死んだのか。

刑事としての使命感もあるが、それ以上に、もし山辺が無実だとしたら、その理不尽な最後の謎は身内でなくても追求したくなる。

本当に山辺はストーカーだったのか、という事件のスタートから捜査し直しが必要なのだと思った。

〈でも、何？　あの吾妻巡査の態度……まるで飼い犬じゃん〉

府中駅から乗り込んだ京王線の電車に揺られながら、真帆は吾妻のニヤけた顔を思い出して、何故か腹が立った。

『ふうん……俺だったら、歳下のキャリアなんかと一緒に働かされるなんて絶対やだな。どうせお高くとまってる可愛くないヤツなんだろうな……』

〈とか言ってたくせに、何、あの態度……いくら暇だからって、荻窪東署とは全く無関係な事案の捜査協力って……〉

新堂の許可は取ったと言うが、公の捜査ではない事案に首を突っ込むことなどいくら暇とはいえ考えられない。

まさか、これも新堂の差金？

〈なわけないよな……〉

各駅停車は、あっという間に次の駅に着いてドアが開く。

一駅なら油断はしないが、二駅以降は怪しい。

毎朝の登庁時はさすがに乗り越すことはないが、帰宅時は危うい時がある。

うっかり考え事をしていると、数駅くらい通り過ぎていたりする。

慌てて反対側の電車に飛び込むと、快速や急行電車だったりして、乗り込んだ駅まで戻ってしまうことも度々あった。新宿での一人呑《の》みの帰りは特に危険だ。

真帆は油断なく目的の駅に降り立ったことに安堵《あんど》する。

初めて降りる駅は、真帆を旅人のような気分にさせる。

けれど、駅の北口を出ると、慣れ親しんだ地元に戻ってきたような気がした。

南口にはバスのロータリーがあり、北口は駅前の道路も狭く、否応《いやおう》無しに昭和の匂いが漂っている。

都心から離れた住宅街は、駅舎がビルに変わり、駅前にタワーマンションが建ち並んだりと、少し時間を置いて訪れると、まるで違う街になっていたりするが、この街は何十年も前から姿を変えずにいたのだろうかと思ってしまう。それでも、地元に長く住む人々にとっては、店舗の入れ替わりなどで時代の変化を感じているに違いない。

真帆が幼少の頃に両親と住んでいた調布《ちょうふ》の駅周辺も、ここ数年で大きく変貌《へんぼう》した。尤《もっと》も、曜子や博之の会話に出てくる昔の調布は、真帆の記憶にはなかった。

その昔の調布という街を想像すると、今歩いている分倍河原の商店街のような雰囲気と街並みになる。

そう広くない道、細々とした飲食店や低いビル、電柱に括《くく》り付けられたプラスティックの花飾り……。

その商店街を抜けて数分の住宅地に、山辺姉弟の住居があった。

「大川《おおかわ》第二ハイツ」という古風な名前から想像していた集合住宅とは大分違った。

それは、二階建てのメゾネットタイプの比較的新しい建物で、薄水色の外壁に、濃いグリーンの窓枠が目立っている。

メゾネットタイプのアパートとは、一世帯の一階の中に階段があり、二階も専用住居となっている集合住宅だ。壁で繋《つな》がる集合住宅には違いないが、戸建て感覚で住めるのが特徴だ。

このハイツの規模では、一階はおそらく玄関とダイニングキッチンと水回り、二階に二部屋ほどの個室があると思われた。

［大川第二ハイツ］の正面には五枚の扉があり、中央の三号室のプレートに、山辺の名がローマ字で書かれていた。玄関先に、汚れが目立つ125ccのバイクがある。

時刻は13時。千香は給食センターで勤務中と思われ、最初からチャイムを鳴らすつもりはなかった。もし在宅だとしても、真犯人を必ず検挙すると約束した千香に、まだ胸を張って報告できるものはなかったから。

アパートの両サイドには細々した戸建てが並び、4メートル道路を挟んだ対面には小規模な駐車場と二階建ての古い日本家屋があった。

平日の昼時だから人影は見られず、宅配便の軽トラックや乗用車が時々通り過ぎるくらいで、都下とは思えない静けさだ。

〈これじゃ、聞き込みするっていっても……〉

アパートの住民に警察手帳を提示しても、相棒も伴わない刑事に口を開いてくれるだろうか。そもそも、このアパートの外観や構造からは、お互いの家庭の事情を知り合うほどの付き合いが生まれることはないだろうと感じた。小さな子どもを持つ家族や単身の高齢者が住めば、回覧板やゴミ出しなどで顔を合わせ、それが切っ掛けで付き合いが始まることもあるだろうが……。

真帆は山辺姉弟のそれぞれの顔を思い浮かべた。

どちらも社交的な人柄とは言えず、近所付き合いなどとは無縁だろうと思う。

ただ、こういうエリアには、必ずと言って良いほど他人の暮らしに必要以上に関心を持つ者がいるはずだ。

「ああ、あの弟さんね。あんな事件を起こすようには見えなかったんだけどね」

真帆がチャイムを鳴らしたのは、アパートの斜め向かいの日本家屋だ。

表札に［大川］の文字。

代々続く地主の家だった。アパートと賃貸戸建ての大家である老人は、真帆の手帳と、差し出した名刺を長々と眺めてから膝《ひざ》を折り、上り框《かまち》に座るように勧めてきた。

外観の古さからは想像もできなかった広くて暖かい玄関だ。

「駅前の不動産屋の紹介でね。姉弟《きょうだい》二人で住むっていうから、最初は断ったんだけど……店子《たなこ》は若い夫婦が一番だからね」

理由は、二、三年で退室するからだという。

「あそこは子ども不可だからね。小さい子がいると部屋が汚くなるし、騒音トラブルも起きやすい……それに、子どもができればあんなに狭い所じゃ暮らしにくいでしょ」

山辺姉弟が住む前は半年以上も空き部屋になっていたため、不動産屋の強力な勧めと、姉の千香が大手銀行の行員ということもあり、承諾したという。

「二親を亡くしてから、あの姉さんがずっと弟の面倒を見て来たらしいし、ここに越して来る前は、大田区《おおた》の方の大きな家に住んでたらしいよ」

初耳だった。

「そこは、山辺さんたちの実家だったということですか？」

「それが可哀そうな話でね。土地は親戚《しんせき》のもので、代替わりした従兄弟《いとこ》っていうのが黙って土地を売ってしまったらしいよ」

老人の口調はのんびりとしたもので、真帆は次第に焦りを感じ始めたが、おそらくこれ以上に姉弟の事情に詳しい者はいないだろうと観念する。

「弟さんは、どんな感じの人でした？」

「だから、あんな事件を起こすようには……と言っても、まともに口を利いたことないんだけどね。バイクで良く出掛けていたけど、顔を合わせれば頭を下げて挨拶《あいさつ》はするし……」

そう言えばと、老人は背後に続く廊下の奥に向かって声を上げた。

間を置かずに出てきた老女は、明らかに迷惑そうな顔を向けてきたが、その目が並々ならぬ好奇心に輝いていることに、真帆はすぐに気付いた。

「おまえ、あの弟と口を利いた時のことを刑事さんに話してやりなよ」

老女が山辺と言葉を交わしたのは、六年前に姉弟が入居してから、その一度きりだったという。

姉の千香が、毎朝決まった時間に駅方向に向かう姿は何度も目にしていたが、弟の弘樹は不規則な勤務のためか、老女とほとんど顔を合わせることはなかったらしい。

「駅の向こう側にちょっと大きなスーパーがあるんだけど、そこからの帰りにね、私、つい重い野菜なんか買い込んじゃって……前の坂道で荷物を地面に下ろして休んでいたら男の子が声をかけてくれて、家の前まで運んでくれたんですよ」

「それが、山辺さんの弟さんだったんですか？」

老女は頷《うなず》いたが、答えを横取りされたような不満顔になった。

「そう。あそこのアパートの三号室に入って行ったから……」

それは山辺が指名手配される事件が起きる二週間ほど前だったという。

「府中の事件の後は警察が家宅捜索して結構な騒ぎになったから、すぐに引っ越すと思っていたんだけど、あのお姉さん、弟は無実だから絶対に出て行かないって不動産屋に啖呵《たんか》を切ったって。でも、その後銀行も辞めて自殺未遂まで……」

「あの部屋で、ですか？」

「まさか。そんなことされたら事故物件になっちゃうじゃないですか」

「どっかのホテルで薬飲んだらしいよ。助かったけどね。私も鬼じゃないからね、出て行ってくれなんて言わないよ。家賃はきちんと払ってくれているし……可哀想だろ？」

老女に代わって、老人の方がやんわりした口調で言った。

「あんなに普通で優しい子でも、女で人生狂っちゃうんだわね」

老女はジロリと老人を一瞥《いちべつ》し、皮肉っぽい笑みを浮かべた。

『でも、一年近くも逃げ隠れしてたんでしょ？　それまで捕まらずにいられたのに、何で自殺なんか。疲れちゃったのかしらね』

『一年近く逃げられたのは誰か援助する協力者がいたんじゃないか？　その人の援助がなくなってどうにもならなくなって観念したとか。働くことも難しいだろうし、たった一人で無一文では生きて行けないからな』

分倍河原駅までの戻り道を歩きながら、真帆は老夫妻の会話を思い出していた。

誰かの援助……。

山辺が社交的ではなく、学生時代から親友と呼べるような友人がいなかったという証言から、それは誰も考えなかったことだ。

簡易郵便局のポストの横で立ち止まり、捜査資料にあったコンビニ仲間の供述書を開いてみた。

《山辺さんは、無口で根暗に見えました。仕事に必要な会話はしますが、世間話をしたり冗談を言ったりすることはなく、特に友人もいなかったように思います。休憩時間にも居眠りをしていることが多く、皆のようにスマホを眺めている姿も見たことはありま

せん》

電車の車両内は、立ったままでもスマホで漫画やニュースを見たり、ゲームをしたりする者が多く、今時は、空いた時間にスマホを開かないのは不自然なことになっている。推測の域は出ないが、メールや電話をする友人がほとんどいなかったのは事実かもしれない。けれど、あの老夫婦が言うように、スマホも身分証明書も自宅に置いたまま逃亡した山辺が一年近くも身を隠すことができたのだから、それには誰かの協力があったと考えるのが自然だ。

だが、千香やコンビニの店員の話では、山辺に友人らしき者がいたようには見えなかったと言う。容疑者の逃亡を助けることは犯罪であり、犯人蔵匿《ぞうとく》罪や犯人隠避《いんぴ》罪に問われる。親族や友人でもなく、初対面の指名手配者に協力する者など普通はいるはずもない。

〈遺体が見つかった三鷹のホテルに泊まるまで、山辺はどこにいたのか……?〉

また、何故、あのホテルだったのか。

犯罪者が身を隠すには、地方よりも人の多い都会の方が都合良いのは確かではあるが。実際にその人物と面識があった人間ならともかく、写真や不鮮明な動画などに映る人物が目の前に立ったとしても、すぐに気付くことなど無理だ。

いつの間に歩き出していたのか、我に返ると、真帆は先刻三鷹から府中に向かう際に乗り換えたJR南武《なんぶ》線のホームにいた。

頭のどこかに、三鷹の［ホテル・花カイドウ］のことがあったのかもしれなかった。確信と言うものとは程遠いが、山辺があのホテルを選んだことには、何か理由があるのではないかと思った。

《もう一度三鷹のホテル周辺を歩いてみます。明日は登庁します》

有沢にメールを送り、乗客の少ない車内のシートで、少し目を瞑《つぶ》った。

三鷹に出るには、先刻、有沢と吾妻に呼び出されて向かった電車の逆コースを辿《たど》れば良いのだが、その安心感からか、南武線の終着駅の立川では、乗客の老婦人に肩を叩《たた》かれて目覚めた。

JR中央線快速で再び三鷹で降りると、真帆はあのホテルの方に向かってゆっくりと歩き出した。

歩調を変えると、朝は気付かなかった店や、人々の姿が目に入る。

電車の中で検索した小さなホテルも目に入る。

繁華街の中に立つそのホテルは、山辺の遺体が見つかった［ホテル・花カイドウ］より料金も安く、周囲からも目立たない……。

やはり、山辺は、あのホテルに泊まる理由があったのだと確信した。

第一、身を隠すのなら、人の出入りが多いネットカフェの方が安全ではないか。

昨日の午前中に聞き込みをしたコンビニ［スマイルマート］の前を通り、ホテルに向かうと、コンビニの斜め向かいの喫茶店のガラス窓の中で手を振る男に気付いた。

「昨日は、息子がいたから話せなかったんだけどね」

コンビニ店主の老人は、悪戯《いたずら》っぽい目をして鼻先でわらった。

「警察に余計なことを話すなと、しつこく言われていてね。最近はすぐにネットに書かれてしまうから、フランチャイズの本部から契約を切られたらどうするんだと」

注文を聞きに来た男の子に紅茶を頼んでから、真帆は老人に向かって座り直した。

「それで、その余計な話って、何ですか？」

俺から聞いたと言わないと約束してくれと言ってから、老人は嬉《うれ》しそうに話し始めた。

それは、山辺とホテル従業員の若い女に関する情報だった。

「ちょっと可愛い子だよね、チホちゃんとかミホちゃんとか言ったかな……時々焼き芋を買いに来てたんだけど、あの騒ぎの後に辞めちゃってガッカリだよ」

おそらく、ホテル主任の須藤早苗が言っていた『安倍美穂』のことだと思った。

「安倍美穂さんのことですね？　彼女がどうしたんですか？」

「あの子と、例の死んだ男がさ、一緒に歩いているのを見かけたんだよ」

「いつのことですか？」

速まる動悸《どうき》を抑えるために、ゆっくり話す老人の口調に合わせると、老人は勿体《もったい》ぶった様子でカップを取り上げ、珈琲《コーヒー》を一口啜《すす》った。

「事件のあった日ですか？　その前ですか？」

「多分……あの騒ぎの三日前だったと思うけどな。あの後、警察からあの男の写真を見せられてびっくりしちゃったよ」

誰もが地味で目立たないという山辺の顔を、覚えていた？

「なんで覚えてたかって、言うんだろ？　覚えてるよ、あのチホちゃんと」

「ミホちゃんです」

「うん。ミホちゃんと歩いてたんだもの。こう、何て言うか……いい感じでさ」

老人が言ういい感じの意味は真帆にも分かる。

安倍美穂という女と山辺は知り合いだった？

「チホちゃんはさ、何て言うか、ほら、男好きのするタイプでね……あ、俺はもうそんな気はないんだけど、うちの息子がまだ独り身でね……」

この際チホでもミホでもいいが、話が長くなりそうな時にいいタイミングで紅茶が運ばれて来て、真帆はそのカップを老人の手元に差し出し腰を浮かした。

「ご協力感謝します。また伺うかもしれませんがよろしくお願いします」

ポカンとする老人を後に、紅茶の支払いを済ませて店を出た真帆は、抑えつけていた動悸が一気に高鳴るのを感じた。

安倍美穂。

無関係と思われていた女の再登場だ。

ただ、あのホテルの主任である須藤早苗の言葉を思い出した。

『……まあ、こんな所じゃ、本名じゃなくても雇わなくちゃ手が回らないんですけどね』

安倍美穂というのが偽名なら、すでに辞めて所在も不明という女を探すのは簡単ではない。

「あ……防犯カメラ！」

思わず、真帆は声を出していた。

幸い、通り過ぎる人は振り返りもしない。スマホで話しながら歩く若者もいるからだ。

真帆は再び路上の端で立ち止まりタブレットを取り出した。

捜査資料には、そのホテルの防犯カメラの解析結果があり、事件の三日前にチェックインする山辺の姿が確認された、と記載がある。

あの老人が二人の姿を見たのも三日前だというのが確かなら、その日のことだ。

コンビニや周辺の防犯カメラの映像にも、その姿は残されているのではないか。

その映像に安倍美穂と名乗る女の姿があれば、その顔や容姿が確認できるはずだ。

それさえ手に入れれば、コンビニ店主の老人に再確認できる。

周辺の防犯カメラの映像データは所轄署の何処かに保管されているかもしれないが、
流石に有沢でもそれを手に入れることは難しいかもしれない。

すぐに吾妻にメールを送る。《キミ、府中西町署に知り合いいないよね？》

吾妻からの返信が来る前に、真帆の足は、もう「ホテル・花カイドウ」に着いてしまった。

あの何処か居丈高な須藤に再び会うのは、想像するだけでも気分の良いものではなかったが、そんなことを言っている場合ではなかった。

『ちょっと派手な女の子だったから、キャバクラででも働いているんじゃないですか？　以前は地下アイドルみたいなことしていたって言ってましたから……』

須藤はもっと話したい様子だったことを思い出す。

あの時、最後まで話を聞けば良かったのかもしれない。

須藤から嫌味を言われることを想像しながらホテルのドアを開けたが、フロントには若い男が二人いるだけだった。

聞けば、須藤は昼休みが終わっても戻らず、メールで早退すると連絡があったという。

二人のうちの背の低い男は、スタッフになってまだ四日目だと言ったが、もう一人の長身の男は、安倍美穂のことを覚えていた。

「僕よりひと月前くらいから働いていたとかで、須藤主任によく怒られていましたよ。あんなに可愛いのに清掃係だなんて、よっぽど訳ありなのかなって」

「写真とか……ないですよね？」

「やっぱり訳ありっすか？　地下アイドルだったたって聞いたけど、借金とか薬とか、そっち系っすか？」

男は好奇心丸出しの顔で聞いてくる。

「そっち系、ではないです。ただ、事件の第一発見者なので、詳しい話をもう一度伺いたくて探しているんです」

真帆は声を少し強めて言った。「それで、写真とかは……」

男はニヤリと笑顔を作ってスマホをポケットから取り出した。

《西町署に知り合いはいないけど、有沢さんに頼もうか？》

ホテルを出て、スマホのメールチェックをすると、吾妻の返信が届いていた。

時刻は5分ほど前だ。

《了解！　もう大丈夫。いろいろ分かって来たので、夜にメールします》

すぐにでも二人と会って話したいところだったが、フロントの男から受け取った写真のデータを、あのコンビニ店主に確認するのが先だった。

これで、山辺があのホテルを選んだ理由が少し分かった。

おそらく、以前から二人は知り合いだった。

どういう経緯で安倍美穂と連絡を取り合い、あのホテルに身を隠すことになったのか。

まさか、最初から山辺の逃亡に協力していたとか……？

〈……それだったら、何故、あのタイミングで彼女の勧めるホテルに？〉

喫茶店の窓ガラスの中に、まだあの老人の姿があった。

真帆が窓に近付くと、老人が顔を上げ、少し驚いたように目を丸くした。

すかさず窓越しにタブレットの画面を向けると、老人は、うんうんと嬉しそうに頷《うなず》いた。

それで十分だった。

真帆は深々と頭を下げて、駅に向かって歩き出した。

来て良かった……。

今日のラッキーカラーだという翡翠《ひすい》色のものなど手元にないが、今夜も曜子には、「まあまあだった」と言うつもりだ。

――と、背後で「ちょっと、ねえ、ちょっとってば！」と大きな声がした。

振り向くと、あの老人が息を切らして近付いて来る。

何か思い出したことでもあるのだろうかと、真帆は期待にまた胸が躍った。

「あんた、ちっこい割に歩くの早いね……久しぶりだよ、こんなに走ったのは」

老人は足を止めて切実な目を真帆に向け、その写真、俺にもくれないかな、と、カーディガンのポケットからスマホを取り出した。

殺意Ⅲ

警察署の一室に、女は長い時間待たされていた。

テレビドラマや映画で見るような個室ではなく、壁に絵画が飾られていて、椅子がクッションの利いた座り心地の良いものであることから、取調室と呼ばれる部屋ではないのだろうと、女は考える。

ただ、小さなテーブルの向かい側にはもう一つ椅子があり、誰かがもうじきやってくるのだろうと、女はまた考える。

この部屋に来るまでに、女は幾つかの物語を用意していた。

フィクションもあれば、ノンフィクションもある。

どちらにせよ、それが真実だ。

あの男が薬を飲み過ぎたことには違いないのだから。

〈夫は、晩酌に深酒をすると、薬は飲まずにそのまま寝てしまうこともあって、そんな日の分が残っていたんだと思います。それが何日分残っていたのか、私には分かりません。夫のことに口を出すと、すぐに機嫌が悪くなるので……〉

そう言った後は、俯《うつむ》くと決めた。まだ泣くには早すぎる。

〈でも、夫が暴力を振るったことは一度もありません。いつも私と娘には優しく、本当に愛情深い人でした。確かに失職した時は落ち込んでいて、それ以来不眠症になりましたが、娘が生まれてからは、パソコンで熱心に職探しをしていました。私は、そんな夫と娘のためにも、できるだけ家計を助けたいと働いて来ました。夫は、私のために弁当を作り、一日中幼い娘の世話をして、夫なりに家族を支えようとしていました〉

少し泣くのは、ここだ。

〈鬱《うつ》気味だったのは確かですが、自殺は考えられません。あれは事故だったのだと思います。あの時、私が電話などしなければ良かったんです。まさか、あんなことになるとは……〉

ここで、顔を両手で覆う。否《いや》、それではあまりにも芝居じみている。目に涙を滲《にじ》ませた後は、泣くのを必死で堪《こら》えるのが良い。

その方が、情景として美しいと思うから。

そんな風に考えながら、壁に架けられているミレーの［落穂拾い］を見ていた女は、あることに気付く。

木製のフレームの下に、米粒ほどの黒い穴があることに。

女はその黒い穴の正体をすぐに理解した。

同じような黒い穴は、あの元女優の老婆の室内で何度も目にしたものだ。

やはり壁に架けられた大きな写真のフレームには、小型のレンズが仕込まれていて、一日のほとんどをベッドで過ごす老婆の様子が、管理室のモニターに24時間映し出されていた。

あのカメラは旧型だったから死角を見つけるのは簡単だったが、今、女の姿をどこかに送っているカメラは、もっと精巧な物かもしれない。

やはり、ここは取調室と呼ばれる部屋なのかもしれないと、女は思う。

少し身を硬くして、その穴から目を逸《そ》らした瞬間、斜め前のドアが開いて若い男が現れた。おそらく刑事だろうと、女は少し緊張する。

けれど、男の作り笑いはとてもぎこちなく見え、女は少し安心する。

不器用な者は、本音を隠すのが下手だから。

そして、会話の反応が鈍く、その僅《わず》かな隙に、女は素早く答えを選ぶことができる。

だが、女の見立ては外れたようだった。

その刑事は、真向かいの椅子に腰を下ろすと同時に、笑みを消して言った。

「もう三ヶ月近くになるんですね。ご主人が亡くなって」

目を伏せてはならない。瞬《まばた》きを一回だけ。

「私は、あなたがご主人を殺したのだと思っています。違いますか?」

刑事の目が、女の視線を捉《とら》えて離さない。

女の頭に、あの時の出来事が早回しの動画のように蘇《よみがえ》った。

「どうして私が夫を殺さなければならないんですか」

意外だという顔をしなければならない。そして、すぐに怒りを顕《あらわ》にするのだ。

「私にはまだ一歳になったばかりの娘がいるんですよ。あの子の父親を殺すなんて、馬鹿なことを言わないでください！　第一、あの時、私は家にはいなかったんですよ！」

取り乱す必要はない。静かに怒ればいいのだ。

刑事は無言で手にしていたファイルの中から数枚の写真を取り出し、トランプを捌《さば》くような手付きでテーブルに広げた。

女は驚かない。その写真は実際に目にした光景だから。

「ご主人が転落した夜の食卓に、缶酎《かんちゅう》ハイの空き缶が四個あったようですが、これはご主人の普段の酒量と比べて多いですか？」

面倒な言い方をする刑事だと、女は思う。おそらくまだ新米なのかもしれない。

女が何度も予習してきたセリフを言う展開とは違う方向に行きそうで、女は少し焦る。

「いつもより、二つ多いです」

饒舌《じょうぜつ》になってはいけない。答えは簡潔に。

後で辻褄《つじつま》が合わなくなる危険を避けるために。

「その日は何か特別なことでもあったんですか？　ご主人にとって嫌な出来事とか、逆に嬉《うれ》しい何かが起こったとか」

女は大きく息を吐く。これは芝居ではない。

「晩酌は夫の日課でした。あの日は娘の熱も下がってホッとしたんだと思います。夫はその後少し居眠りをして、私の電話で起きたみたいでした」

「居眠り？　では寝付きは悪くはないんですね。そうですか……」

こういう含みを持った物言いは、取り調べのマニュアルにあるのかもしれない。

「居眠りは毎晩です。でも、布団に入ると目が覚めて色々不安になると、睡眠導入剤を飲むのが日課でした」

「いわゆる不眠症だったということですか？」

若くて健康な刑事には、不眠症など理解できないのだろう。

「深く、長く眠るには薬が必要です。少なくとも本人はそう考えていました」

自分に罪はない、と強調してはならない、と女は注意深く言葉を選ぶ。

自分の至らなさが夫を事故から守ることができなかったと言い続けることが大事。

「あの時、私が電話をかけなければ、良かったんです。でも、熱のあった娘の具合が心配だったから……」

女は電話をかけないわけにはいかなかった。

電話をかけることが、計画のクライマックスだったのだから。

「お仕事は10時から18時半までと聞いていますが、あの日は残業だったのですか？」

「はい、担当している方が夕食を終えて眠られたら帰ることができるんですけど、時々食べるのを嫌がったりして夕食介助に時間がかかることがあって……あの日も、それで帰りが遅くなってしまったんです」

あの老婆の食事時間を延ばすことは簡単だ。

話好きな彼女に、ただ相槌《あいづち》を打つだけではなく、質問をし続ければ良い。

ママの初恋の人ってどんな人だったの？

その質問だけで、食事時間は優に20分は延びる。

もう何度も聞いた話だけれど、その質問に答える老婆は特に饒舌になる。

あの日は、更に、二番目の恋人の話も聞けた。

時間はいつもより三倍以上もかかり、ホームを出たのは19時を過ぎていた。

「電話に出たご主人の様子に変わったところはありましたか？」

女はほんの少し考えるふりをした。

「いつもより酔っていると思いました。呂律《ろれつ》が変だったので……他は別に」

「娘さんの様子を聞いて、後はどんな会話を？　通話記録では10分位話されていますね？」

通話記録は、時間は記録されても会話の内容までは分からないはずだ。

「はい。夫の言葉が聞き取りにくく、時間がかかってしまったんです」

「娘さんの容態を確かめてから、他にも何か話されたんでしょうね？」

いいえ、と答えると不自然になるから、女は瞬時に考えを巡らせる。

「帰りにスーパーに寄るけれど何か欲しいものはあるか、と聞きました」

「その電話の時、あなたはどこにいましたか？」

刑事はいきなり質問の方向を変えた。

落ち着け。女は鼻で静かに呼吸した。

「駅前です。改札を出てすぐに電話をかけたんです」

「ご主人は何か買って来いと言ったんですか？　スーパーには寄られたんですよね」

質問が戻る。これもマニュアルにあるのか、と女は少し苛立《いらだ》つ。

「なにも要らないと言ったので、真っ直ぐ家に帰りました」

「そして、マンションに着いた時には、ご主人はすでにベランダから落ちていた？」

「そうです」

つい、目の前に広げられた写真に目が行ってしまう。

うつ伏せで倒れている横顔。薄く開かれたままの目。

コンクリートの地面に広がるドス黒い血溜《ちだ》まり。

「通話が切れた時刻と、ご主人が転落した時刻が一致しているんですが、これはどういうことでしょうね」

刑事は薄ら笑いを浮かべながら、女を上目遣いで見た。

「マンションまでは商店街を真っ直ぐ行って橋を渡るより、公園を通ってから橋に出るほうが近道なんです。でも、その辺りは暗いから気を付けるようにと。夫は極度の心配性でしたから、それならマンションの下に着くまで電話を切らないでおいてと頼んだんです」

「そう言うことは、今までも？」

「さあ……覚えていませんが、帰りが遅い時は電話をしながら帰った時もあったと思います」

「さっきあなたは、熱を出していた娘さんのことが心配で、駅の改札口を出てすぐにご主人に電話をかけたと言いましたが、娘さんのことがなかったら、あの日は電話をしないで帰宅していたんですかね」

「ですから！　私があの時電話をかけたのが悪かったのかもしれないと言ったじゃないですか。夫は夜道を歩く私が心配で、マンションの下まで無事に着くのをベランダから見ようとしていたんだと思います」

この刑事は頭が悪い？　それとも、何かを知っている？

女は恐ろしく不安になるが、それを顔に出せば、刑事の思う壺《つぼ》だと自分に言い聞かせる。

「あなたの帰りが遅くなるので夜道の危険を心配していた？　遅くなると電話で知らせたのは、事故の約2時間前の通話の時ですね？　18時5分にあなたからご主人に電話をかけたようですが」

「そうです」

女は、声が震えるのを必死に堪《こら》える。

「その時すでに晩酌をしていたとしても、あなたの帰りを心配していたなら、それ以上は飲まないんじゃないですか？　しかも」

刑事の話は、もうすぐ核心に近づくことを女は察知する。

「解剖の結果、ご主人は大量の睡眠導入剤を飲んでいたようですが、これはどう考えても不自然ですよね。そんな状態でも、あなたを心配してベランダに出た？」

「酔っていてビタミン剤と間違えたのかもしれません」

大丈夫。ビタミン剤を確かに夫は時々飲んでいた。薬箱にも残っているはずだ。

刑事は即座に言った。

「ビタミン剤の成分は検出されていませんよ」

動揺を隠すには、目を合わせないことだ。

「ご主人は不眠症で、睡眠導入剤を常用していたと言うのは本当のことなんですか？」

女は頷《うなず》く。事実だから。

「さっき言ったとおりです。夫は、月に一度メンタルクリニックで睡眠導入剤を処方してもらっていました」

「それは、いつ頃からですか？」

「昨年、勤めていた会社を解雇された後からです」

「ご主人はそれを毎晩、何錠飲んでいたのですか？」

「1錠です」

「睡眠導入剤は、ひと月分しか処方されないはずですから、一日1錠だと、ひと月に処方されるのは30錠と言うことですね」

　この会話の流れは想像通りだが、何だか癇《かん》に障る。

「でも、晩酌に深酒をすると、薬は飲まずにそのまま寝てしまうこともあって、そんな日の分が残っていたんだと思います。それが何日分残っていたのか、私には分かりません。夫のことに口を出すと、すぐに機嫌が悪くなるので……」

　そう言った後は俯《うつむ》くと決めていたが、その前に刑事は言った。

「そんなに大量の薬をどうやって手に入れたんですかね。胃の中から検出された薬の成分は、数十錠分ですからね」

「それは、飲まなかった日の分を、瓶の中に貯めていたのは見たことがあります。たぶん、夫は酔いが回って、いつもは1錠しか飲まない薬を全部飲んでしまったんだと思います」

「何故、そんなに飲んでしまったんでしょうね」

「さあ」

「その日に限って、缶酎ハイを二缶多く飲み、その日に限って薬を複数錠飲み、意識混濁状態であなたと電話で話し、ベランダから偶然に落ちた、訳ですか」

　早口で言ってすぐに、刑事はいきなりまた話の方向を変えた。

「その薬瓶は、今どこにありますか？」

僅《わず》かに、女の心臓が跳ねた。

「家にあると思います」

「薬の管理はご主人自身がしていたんですよね？」

「そうです。子どもや年寄りじゃありませんから。薬の管理って、普通は自分でやるものでしょう？」

この刑事の話は、一体どこに向かっているのだろう、と、女は混乱し始める。

「先ほどから、薬瓶と仰《おっしゃ》ってますが……」

刑事は、そこで一旦《いったん》口を閉じ、一呼吸した後で言った。

「普通、処方される薬はシート状に小分けされているものなんじゃないですか？」

女はうっかり唇を噛《か》んだ。

「薬の管理はご主人自身がしていた。1錠ずつシートから外して瓶の中へ？それともシートのまま？あなたが見ていた薬瓶には、どちらの状態で保管されていましたか？どちらにしても、ずいぶんマメな人ですね。そんな人が、酔ったからと言って薬を飲み過ぎますかね。しかも、まだ夜の9時前に……」

刑事の声が遠のき、目の前に置かれている写真の男が、頭の中で動き出す。

『遅くなるって？チッ……またガキを押し付けやがって。ああ、ちゃんとメシ食わせたから、そのうち寝るさ』

炬燵《こたつ》で缶酎ハイを飲みながら、お笑いの特番か大食い番組を観ている時間だ。そして、卓の上には、野菜サラダと昨夜煮込んでおいたカレーの入った深皿があるはずだ。

女は、老婆の話に相槌《あいづち》を打ちながら、スマホに向かって優しい声を出した。

「カレー、少し辛過ぎたから、お酒、もう少し飲んだら？」

男は、カレーを食べながら缶酎ハイを飲むのが好きだ。

普段の酒量は３５０ml の缶酎ハイ二缶。

飲酒は毎晩の習慣なのに、男は酒に強くはなかった。

『このカレー、まさかヒ素なんか入ってねえだろうな？』

「何バカなこと言ってるの……サラダもちゃんと食べてね」

『ああ、分かったよ。おまえ、帰りにアイス買ってこいよ、いつものやつな』

返事も待たずに電話は切れる。

男は面倒臭そうに立ち上がり、冷蔵庫から缶酎ハイを一本取り出しているはずだ。

それが18時5分の電話だ。

20時を回ってからかけた電話は、改札の前などではない。

「ねえ、もうすぐ着くんだけど、何か変な男に跡をつけられているのよ」

『ん？……男？』

女はスマホを片手に、人の姿が疎《まばら》な商店街から橋に出る。

「あっ……こっちに向かって来る！」

『え……男って？　おまえ、今どこにいるんだ？』

冷蔵庫に用意しておいた缶酎ハイを、おそらく全部飲んでしまったのだろう。

確か二缶残っていたから、合計四缶飲んだことになる。

男の呂律《ろれつ》が怪しくなっている。

その調子。女は計画が順調に進んでいることに浮き足立つ。

「白糸橋《しらいとばし》の上よ！　あっ……こっちに向かって来る！」

ベランダのガラス戸が開く音。男が何かを蹴飛《けと》ばしたような物音。

『どこだ……見えねえよ』

男がベランダの手すりから身を乗り出し、橋のある方向に首を伸ばすのが見える。

橋には左右三台の街灯があり、男がいるベランダからは、ぼんやりと明るい橋梁《きょうりょう》が見えているはずだ。

けれど、男に、女の姿が見えるはずがない。

女はマンションのある側の欄干の下に、身を屈《かが》めてしゃがみ込んでいるから。

自転車が一台通り過ぎるが、幸い女には気付いてはいない。

『どこだよ！　おまえ、男って、誰なんだよ！』

「ここよ！　植木鉢に上がって、ちゃんと見てよ！」

男は、ふらつきながら、プランターの縁に足を掛けたはずだ。

男の上体がベランダの手すりから伸び上がった瞬間、女は絶叫した。

「きゃあ――!!」

その瞬間、男の体はバランスを失い、両手が空を掻《か》いて落下するのが見えた。

「……ですから、理由はわかりませんが、私は、あなたがご主人の夕食に致死量の睡眠導入剤を入れ、酒と薬で酩酊《めいてい》している時間を見計らって電話をし、ご主人が興奮するような、または絶望するような話をした。例えば、離婚をしたいとか……」

女は高笑いをし、話の腰を折る。

「刑事さん、もっとちゃんと調べてから物を言ってくださいよ」

刑事は、初めて怪訝《けげん》な顔を女に向けた。

「近所の手前もあって、あの男のことを夫と言っていましたけど、私、あの男と結婚なんかしていないんですよ」

「事実婚でしょう？　当然知っていました……そんな事はどうでもいいんです。私がお聞きしたいのは、あなたがご主人をどうやって事故に導いたかということです」

その落ち着いた物言いに、女は苛立《いらだ》った。

「私がそうしたという、確かな証拠でもあるんですか？」

女は、あの時の胸の動悸《どうき》を思い出す。

男が救急搬送される直前、女は急いで部屋に戻り、鍋《なべ》のカレーをトイレに流した。念のために、汚れた皿やスプーンは背負っていたリュックに詰め込んだ。

それらを2分で済ませて階下に降りた時に、ようやく救急車のサイレンが聞こえ、数人の野次馬が走り寄って来た……。

「証拠はありません。あなたが自白しない限り、これは転落事故で処理されます。今のところ、あなたは罪に問われることはありません」

当然のことだ、と女は顎《あご》を引き上げた。

そのために、あの夜以来、女は気を張って生きてきたのだ。

これでようやく健康な息遣いができると、女は心底安堵《あんど》する。

「でも、私はやはりあなたがご主人を殺したと思っています。自ら手を下さなくても、人を殺すことはできますからね」

意味が分からないというように、女は首を傾げて見せる。

「さっきも申し上げたように、殺すのではなく、本人が自ら死ぬように誘うのです」

女は刑事の目をじっと見つめた。

「夫は事故で亡くなったんです」

「あなたにとって、ご主人は自殺ではなく、あくまで事故死でなくてはならない理由があるんじゃないですか？」

刑事は、女の目を強く見返した。

たじろぐことはない。

数秒後、刑事は上体を起こし、天井を仰いだ。

「元女優のお世話など辞めて、あなたが女優になればいい」

顔を女に戻してそう言うと、刑事はパタンと大きな音を立ててファイルを閉じた。

女は、止めていた呼吸を取り戻す。

立ち上がって背中を見せた刑事は、一度だけ女を振り返り、何故か満面の笑みを見せた。

「いつか必ず、逮捕状を持ってあなたに会いに行きます。それまでお元気で」

その背中がドアの向こうに消えた後、女はテーブルに残された名刺を手に取った。

[警視庁西新宿署　巡査　小磯裕二]

薄い安手の紙に、その名が書かれていた。

刑事Ⅳ

　その一報を受けたのは、登庁してすぐのことだった。

　普段なら始業時間の10分前には七係のドアを開ける真帆だが、昨日の聞き込みの疲れもあり、15分ほど遅刻してしまった。

　朝食や曜子の占いも勿論《もちろん》のこと、緩んでいたスニーカーの紐《ひも》もそのままに、いつもの二本後の急行電車に飛び乗った。

　室内にはすでに珈琲《コーヒー》の香りが漂っていたが、有沢が真帆の顔を見るなり「今朝のニュース見ました？」と興奮気味に言った。

「寝坊しちゃって、そんな時間なんて……」

　ネットニュースを見るのは面倒だし、満員電車でスマホを開く習慣はない。

「あのホテルの従業員が死体で発見されたんです」

　まさか……。

　真帆の頭に、安倍美穂の顔写真が浮かんだ。

「やだ！　何で……やっと山辺との関係が分かったのに」

「え？　山辺と繋《つな》がっていたんですか？」

「安倍美穂って、本名だったの？」

途端に有沢は、眉間《みけん》に皺《しわ》を寄せた。「誰ですか、それ」

「あのホテルの清掃係をしていた……え？　違うの？」

有沢は呆《あき》れたような顔になり、無言で手元のタブレットを差し出した。

その中に見えた顔写真は、安倍美穂ではなかった。

《ホテル従業員の女性が刺殺体で発見される》

今日午前1時過ぎ、東村山《ひがしむらやま》市内の［小鳩《こばと》の森《もり》公園］で中年女性が腹から血を流して倒れているのを、通りかかった会社員が見つけて通報。多摩北《たまきた》署の検視により、死亡が確認された。

死因は、何者かに鋭利な刃物で腹部を刺された事による出血性ショック。二か所ある刺し傷のうちの一つは、肝臓まで達していた。

所持品から、被害者は同市内に住むホテル従業員、須藤早苗さん・四十八歳と判明。

午前8時、多摩北署に捜査本部が設置された。


「そんな……」

「多摩北署から捜査一課にも連絡があったそうです」

絶句する真帆に、有沢が訊《き》いた。

「昨日、椎名さんがホテルに聞き込みに行った時、この被害者に会っていたとか？」

昨夜、有沢にメールしようと思いながら、そのまま寝てしまったことを思い出す。

真帆は、須藤早苗から安倍美穂の情報を得、更にコンビニ店主の老人の目撃情報から、その女と山辺が知り合いだった可能性があることが推測されると話した。

二度目にホテルを訪れた時は、須藤の姿はなく、早退したということだった。

その後、須藤に何があったのか……。

「このタイミングで殺されるって……でも、どうしてあの人が」

「死亡推定時刻は昨日の午後11時頃だそうです。椎名さんが会った時、何か不審な様子はなかったんですか？」

須藤が語った山辺についてのいくつかの言葉を思い出すが、違和感を覚えたのは、安倍美穂という名前が偽名かもしれないと示唆したことくらいだった。

「それって、何気なく言ったのか、わざと椎名さんの記憶に残るように言ったのか……」

〈わざと記憶に残るように……？　だとしたら、捜査の目が安倍美穂という女に向くように？〉

真帆は、安倍美穂が映っているタブレットを有沢に差し出した。

「須藤早苗と一緒に山辺の遺体を発見したスタッフですよね？　しかも、その直後にホテルを辞めて所在不明。電話も解約……めちゃくちゃ怪しいですよね」

その言い方に本人が吃驚《びっくり》したのか、「ほんと、すごく怪しいです」と言い直した。

「でも、偽名だとしたら本人を探し出すのは難しいですね」

一応調べますけど、と有沢はその名前で検索を始めた。

ネットの検索と、警察情報管理システムから前科者リストを取り出しているのだ。

しばらくして、有沢が軽い息を吐いた。

「前科者リストにはないですね。漢字が違うアベミホはありますが、年齢が六十七歳ですから別人ですし……ネットの方も、それらしい人物はいませんね」

あ……。

須藤早苗の言葉を思い出す。

『……ちょっと派手な女の子だったから、キャバクラででも働いているんじゃないですか？　以前は地下アイドルみたいなことしていたって言ってましたから……』

地下アイドルとは、テレビなどのメディアに出演するアイドルではなく、主にライブハウスで歌や踊りのパフォーマンスをして集客するアイドルのことだ。

「ね、地下アイドルって、東京だと何人くらいいると思う？」

「ライブアイドルのことですね？」

有沢がすかさずタブレットを操作し始めるが、すぐに手を止めた。

「椎名さん、その安倍美穂を探そうと思ってるんですか？」

無理ですよ、と有沢が今度は深く息を吐いた。

「人気のある有名なグループに属していたとか、少しでもメディアに取り上げられたことがある場合は別ですが、おそらく一万人近い女の子が活動しているはずです」

「はあ？　一万人？」

「芸能事務所に所属している子たちだけでも数千人。SNSに登録しているアイドルも同じくらいの数になるようです」

顔写真はあるものの、その中から本人を探し出すのは無理な話かもしれない。

せめて本名が分かれば、携帯電話の契約や住民票などから所在が確認できる。

「今は、その女の所在確認より須藤早苗の身辺調査が先じゃないでしょうか。山辺の事件と必ずしも関連があるとは限らないですけれど」

「うん……あ、そう言えば、あの元カレのことは？」

昨日、有沢と吾妻は、早紀の交際相手だった大学生の聞き込みに向かったはずだった。

「え？　メール見てないとか？　信じられない……昨夜のうちに椎名さんにメールしたじゃないですか」

ごめん、と言いながら、急いでスマホを取り出す。

「井上博己は留学中で日本にはいません。彼については、同じゼミ仲間の男子学生たちから情報を得ましたが、森田早紀と交際していたことは知らなかったようです。早紀は教授の娘ですから内緒にしていたのではありませんか？」

周囲の妬《ねた》みや、成績に特別な恩恵が受けられると思われたくなかったのではないか、と男子学生たちは笑ったという。

確かに昨夜10時過ぎに有沢からのメールが届いている。

「それ読むのは、後でいいですよ。彼は多分、一連の事件と今回の須藤早苗の事件とも無関係だと思います。それより、両親の話の方が重要だと……」

「じゃ、これから須藤早苗の周辺を調べてくる！」

有沢のメールの内容は電車内でも読める。

一刻も早く、須藤早苗の現場に行きたかった。

背後で有沢の声がしたが、「係長にうまく言っておいてね」とドアを閉めた。

『おまえ、昨日の夜メールするとか言ってなかったっけ。俺ずっと……』

「待ってたなんて言わないよね。立つ、待つ、並ぶ、が苦手なキミなら夜中でも電話してくるじゃん？」

『そういう言い方はないだろ。俺だって趣味で協力してんじゃないんだぜ』

「暇潰《ひまつぶ》しでしょ？　一応お礼は言っとくけど」

真帆の耳に、吾妻の深いため息が聞こえてくる。

霞ケ関駅に向かいながら、真帆が吾妻に電話した。

確か、七係を出る時に背後から聞こえた有沢の声に、吾妻巡査に……と聞こえたような気がしたからだ。

普段は歩きながら電話などはしないが、改札に向かうまでに一言礼は言っておこうと思った。

真帆の本音は伝わらなかったらしいが、一応義理は果たしたと思った途端、吾妻が意外な言葉を吐いた。

『もう有沢から聞いたと思うけど、あのガイシャの母親ってちょっと不思議な経歴だよな。俺、気になるからちょっと調べてみるわ』

「え？ どういう……」

『俺だって、違和感っつうやつを覚える時はあるんだぜ』

「何、それ。班長やフルさんに私が怒られるから、もう、やめ……」

真帆の言葉が終わらないうちに、吾妻の電話は切れた。

いつものことだが、舌打ちをしたくなる。

だが、その吾妻を一番頼りにしているのも確かだった。

東村山に向かい電車を乗り継ぐ間に、有沢が昨夜送ってくれていたメールを読み始めた。

《井上博己はK大学を留年のまま、先月からロンドンに留学中。早紀が殺されるひと月前くらいに二股《ふたまた》交際が原因で別れたと言うことです。尚《なお》、早紀の母親には殺人の嫌疑がかかった過去がありました。

府中西町署の巡査部長が、以前匿名で送られてきた情報を思い出したらしく提供してくれました。事件と直接関係はないかもしれませんが、早紀の家庭環境には何かしら影響があったかもしれません。送られてきた情報の詳細は……》

その詳細が書かれている週刊誌のサイトのURLが添付されている。

〈また、ネットか……〉

真帆は一旦《いったん》スマホを閉じて、新宿から西武《せいぶ》新宿線に乗り換えた。

新宿から急行で30分強。その間に、真帆はそのサイトの内容を読み終えることができた。

それは、二十年前に書かれた不可解な事件の記事だった。


《真犯人を追え！　平成《へいせい》のお蔵入り事件その②》

それは事故か事件か⁉

事件は、ひと月前。クリスマス目前の夜のことだ。

新宿区の妙正寺川沿いのマンション五階のベランダから、三十代の男性が転落死した。

男性は酒を飲んで酔っていたとみられ、酔いを醒《さ》まそうとベランダに出て誤って転落したとみられ、事故死として処理されたが、警察関係者の話によると、解剖の結果、男性の胃の中から多量の睡眠導入剤の成分が検出されたという。

男性は、内縁の妻と一歳未満の娘との三人暮らしであったが、昨年から無職になり、生活は介護施設で働く妻が支えていたとのこと。

就職先がなかなか決まらず、そのことから不眠症になり、メンタルクリニックに通っていたことが分かった。

問題は、死亡した男性に掛けられていた保険金だ。

男性は失職した直後、三千万円の生命保険に加入していた。

死亡保険金の受取人は内縁の妻だ。

仮に、自ら転落して死亡した自殺であれば、男性が加入していた保険では保険金が支払われない契約だった。

しかし、男性が自殺したという証拠もなく、転落死は事故と結論付けられた。

男性が失職前はよく言葉を交わしたという近隣住民の話では、男性は普段は内気で真面目な性格だったが、失職前後からは、酒を飲んで怒鳴る声が度々聞かれたという。

妻の女性は、娘を出産する直前まで働きに出ていて、出産後もすぐに職場復帰したとみられ、男性が保育所の送り迎えをする姿を時々見かけたと言った。

そして、男性は内縁とはいえ、妻と幼い娘を残して死亡。

三千万円の保険金は妻に支払われた。

では、多量の睡眠導入剤の謎はどうなるのか——。

先の情報を提供してくれた警察関係者によれば……。

そこまで読んでいるうちに、降りる駅の到着を告げるアナウンスが耳に入り、真帆は一旦スマホを閉じた。

〈その妻が早紀の母親……？〉

いずれにしても、二十年も前の話だ。今回の一連の事件と関係があるとは思えない。

東村山駅の東口に降り立ち、須藤の遺体が発見されたという［小鳩の森公園］に向かって歩き出す。

無論、こういう場合は地図アプリに頼る。

駅前に同市出身である有名なコメディアンが植樹したという、落葉した欅《けやき》が三本見られ、西側には、再開発事業によって建設されたタワーマンションが聳《そび》え立っている。

ひとつひとつの建物は比較的新しいが、真帆には、府中や三鷹で感じた同種の長閑《のどか》さが感じられた。

昨日からコートのポケットに入れたままだったカイロは、すでに冷えていた。

曇り空のせいか、いつもより風が冷たく感じる。

スマホの道案内は、府中街道沿いのマンション裏手の小さな公園に真帆を導いた。

尤《もっと》も、スマホを見ずとも、かなり手前からその場所は見当が付いた。

二台の警察車両と、その他に、テレビ局のワゴン車も三台見られたからだ。

近づくにつれてその物々しさが伝わるが、平日のせいか野次馬の姿は少なかった。

マンションと商業ビルの間の奥にある公園の入り口に黄色い規制線が張られ、制服姿の警察官や報道関係者の姿があった。

警備の若い警察官に手帳を提示し、テープを潜って奥に進む。

市の公園というよりマンションに付属する庭のような場所だ。

刑事らしき男が数人と、青い制服の鑑識官たちの姿が遊具の周辺や茂みの中に見られる。多摩北署の捜査員たちに違いない。

スマホを見ていた男が振り向き、真帆を見て顔をしかめた。

「公園管理事務所の人以外は立ち入り禁止ですよ。隣のマンションの住居者とか？」

こういう扱われ方に、真帆はすっかり慣れている。

特に中年男の刑事からは、いつも同じような反応をされてきた。

この手の刑事に、名刺の肩書きなど通用するはずもないが、一応取り出すと、案の定、

「本庁の刑事？　あっちには報告しているけど、ヘルプの声掛けなんかしてないはずだけどな」と、改めて真帆の顔をジロリと見た。

「え……そうなんですか？　一課の上司から出向くように言われてきたんですけど」

「お連れさんは？」

「いません。実際の捜査のお邪魔は致しません。状況だけお聞きして来るようにと」

すると、刑事は「はいはい。労せずして得る……いつものことですけどね」と皮肉っぽく笑い、少し離れた所にいた若い男に向かって手を上げた。

「平田《ひらた》！　ちょっと来いや」

平田と呼ばれた男がすぐに走り寄ると、刑事は「本庁からのお客さんに状況説明を頼む」と、真帆の名刺を手渡して挨拶《あいさつ》もせずに離れて行く。

「一課の……七係？」

名刺に目を落としていた平田が、改めて真帆を見た。

離れて行った中年男の刑事は、おそらく名刺をよく見なかったのだろうと思った。

「七係って、確か……未解決事件の資料整理の部署ですよね。私の同期が以前いました」

この平田という刑事の方が、よほどデキるのかもしれない。

「今、一課は人手不足が続いていまして、捜査資料が回って来るのに時間がかかるんです。ウチとしても早く処理しないと上から色々言われて……」

脇の下が汗ばんで来るのがわかる。

「ああ、そういうことですか」とスマホを取り出し、「じゃあ、今までの捜査内容と捜査計画をお伝えすればいいわけですね」

意外にもあっさりと答える平田に拍子抜けをするが、真帆はホッとして穏やかな笑みを返した。

〈やった！　話が早いじゃん〉

真帆の嘘は見抜けなかったが、頭の回転は速いらしく、平田の説明は丁寧で明瞭《めいりょう》だった。

「第一発見者は、飲み会の帰りで通りかかった会社員です。この公園の利用者は近くのマンション住民が殆《ほとん》どですが、会社員は、公衆トイレを使おうとして公園に入ったということです。この近辺にはコンビニはありませんしね……用を足して戻ろうとした時に、滑り台の下にうつ伏せの状態で倒れていたガイシャに気付いたようです」

平田が指し示した地面に、人型の白いテープが見えた。

「ガイシャは腹部を鋭利な刃物で刺されていて、発見した時はすでに反応が無かったようです……」

すぐに救急車と多摩北署の捜査員が駆けつけたが、検視の結果、死後およそ2時間経過。死因は刺されたことによる出血性ショックだった。

「ガイシャはすでにご存じとは思いますが、詳細が少し分かりましたのでお伝えします」

間違いなく、平田の口からも須藤早苗の名が告げられた。

「女性の自宅は、ここから歩いて10分ほどの山本町《やまもとちょう》2-2。ローズハウス201です。現在、捜査中ですが単身者用のアパートということですから、一人暮らしだと思われます」

身元は、遺体の近くに残されていたバッグの中にあった保険証や運転免許証で判明した。携帯電話や財布は見つかっていないという。

「物取りと怨恨《えんこん》の両方で捜査が開始されています」

各携帯電話会社に契約の有無を調べれば、その中身も調べることができる。

「携帯電話の調べが付いたらご連絡しますか？」

「はい、ぜひお願いします」

「解剖の結果も分かり次第ご連絡します」

真帆の口元が緩む。「助かります！」

「他には旅行会社の申込書の控えが入っていました。申込日付は昨日です。被害者は正月からヨーロッパ旅行を計画していたようです」

「誰かと一緒に……とか？」

「いや、ツアーに一人で参加する内容でした。二週間ですから、かなり高額な旅行代金を支払ったようです。趣味は旅行ですかね、旅行会社に問い合わせたところ、国内旅行は毎年三回ほどしていて、マイルやサービスポイントはかなり貯まっていたようです」

四十八歳、独身。ビジネスホテル勤務。趣味は旅行。

真帆は須藤の顔を思い浮かべる。

二週間のヨーロッパ旅行は、おそらく、それまで頑張って働いてきた自分への褒美という意味もあったのか……。

聞《な》き込みをした時の印象は決して良いものでは無かったが、その旅行を目前にして命を失くした須藤を哀れに思った。

「それで、この公園に防犯カメラは？」

「公園内にはありません。駅や街道沿いのカメラのデータは鑑識が調べているはずですが、今のところ情報はありません」

須藤の叫び声や争った物音なども、近隣住民は聞いていないということだ。

「被害者の家族の聞き取りは……？」

遺体発見から10時間以上過ぎている。当然、家族に連絡を入れているはずだ。

「勤務していたホテルから実家は鹿児島市だと分かったんですが、履歴書に書かれていた住居に住んでいるのは赤の他人だったようで、まだ家族には連絡できていないようです」

住民票や戸籍を調べ、家族への連絡を急いでいるとのことだが、朝のニュースを見たのであれば家族や親族から連絡が入るはずだと、平田はスマホから目を上げた。

「友人や知人からでも連絡があれば、交友関係も分かると思うんですけどね」

正式に警察発表があったのは、捜査本部が設置された後の8時半過ぎだが、ネットニュースには、7時過ぎに速報として載ったという。

家族か親族が健在であれば、連絡が来るのが少し遅いような気もする。

少し考える素振りを見せてから、真帆は、たった今気付いたという顔で平田を見上げた。

「確か……被害者が勤務していたホテルは、先々月に府中の殺人事件で指名手配中の男が自殺したホテルじゃなかったですか？」

「へえ……そうなんですか、知りませんでした。事件以外の情報は耳に入りませんから。それどこで？」

「あ……ネットで」と真帆が慌てて答えると、平田は納得した顔で「ですよね。後で自分も検索してみます」と頷《うなず》いた。「まあ、今回のこととは関係ないと思いますけどね。どう見ても物取りの線の方が有力だと……」

それ以上の情報は無いらしく、真帆は平田に礼を言って戻ろうとすると、平田が少し体を寄せて小さな声で言った。

「椎名巡査、今度、合コンに付き合ってもらえませんか？」


刑事職の警察官は、よほど出会いに恵まれないのか……？

吾妻に紹介された一課の刑事、春田と及川も独身だったことを思い出す。

二人とも三十代半ばだということだったが、年齢よりだいぶ老けて見えた。

一課にも女性の警察官や事務官は多数いる。いずれも通勤時や勤務中は地味なスーツ姿だが、終業後の帰宅時には、企業のＯＬよりずっと華やかな服装になる者がいる。それが合コンやデートに向かう姿だとしたら、その相手は決して警察官ではない。

彼女たちは、警察官や刑事の仕事を知り過ぎているからだ。

真帆は、今のところ合コンや特定の誰かとのデートには関心が全くない。

曜子には、『三十にもなって、彼氏の一人もいないなんて……』と、度々ため息を吐かれるが、曜子の過ごした三十代とは時代が違う。

そう言いながら、きっと自分は四十を迎えてしまうのかもしれないと思うことはあるが、それはそれで良いと思う。

特定の相手と付き合うことは面倒なことが増えるから――。

揺れる電車の中で、博之のことを思う。

〈家族のために人生が変わってしまったのに、また家族を作ろうとしているのか……〉

いつかは、博之のその新しい家族と顔を合わせることになるのだろうと、真帆は少し憂鬱《ゆううつ》になる。

西武新宿線の各停は、車内に長閑《のどか》な時間が流れていた。

須藤早苗が殺害された現場にも、雲の切れ間から柔らかな光が差し込んでいた。

須藤は何故あの場所で殺害されたのか――。

捜査本部は、物取りと怨恨の両面で捜査を開始したというが、死亡推定時刻がおよそ深夜23時ということに真帆は違和感を覚える。

須藤は、昨日ホテルを昼休みから早退したということだった。

バッグに残されていたヨーロッパツアーの申込書の日付が昨日だったということは、早退後に旅行会社に行ったということだ。

パスポートの申請は先月であることから、おそらく初めての海外旅行だったのかもしれない。

自分だったら……と真帆は考える。

長年の夢だった海外旅行が実現するのだ。

申し込みから旅行まではひと月もない。キャンセル待ちをしていた？

どちらにせよ、祝杯を挙げたい気分になるだろう。

そして、深酒をし、酩酊《めいてい》状態で帰宅。そのおぼつかない足取りで公園前を通りかかり、暗がりで獲物を物色していた強盗犯に公園内に引き摺《ず》り込まれ……。

〈須藤早苗の解剖は終了したのかな……〉

もし、真帆の推測通りであれば、須藤の遺体からはアルコール成分が検出されるはずだ。

その解剖結果と、駅から街道沿いの防犯カメラの解析結果が出たら、平田刑事が真帆にメールで知らせることになっている。

『七係宛てに直接報告しますか？　あ、椎名巡査に直接ですか。じゃあ、メアド交換しなくちゃ。いやぁ嬉《うれ》しいなあ』

と、屈託のない顔を見せる平田に心苦しく、来月、多摩北署の刑事との合コンに参加することは断りきれなかった。

平田から得た情報を有沢にメールで伝えるが、返信が来たのは、電車が終着点の西武新宿駅に着く寸前だった。

ドアが開いて人がゆるゆると降りる中、真帆は急いで車両を飛び出した。

メールはまだ半分以上読み終えてはいなかったが、最初の二行で真帆の足は勝手に早足になった。

《安倍美穂というのは、やはり偽名でした。本名は安斎美央《あんざいみお》、現在は職業不詳。これから吾妻巡査と情報提供者に確認に行きます……》

改札口を出て電話ボックスを探すが見つからず、券売機の端に佇《たたず》み、イヤホンを着けて有沢に電話を入れる。

「安倍美穂の身元が割れたって？　確かなの？」

『お前、また最後まで読んでないのか？　写真は見たのか？』

聞こえてきたのは吾妻の声だ。

何で……？

『椎名さん、添付した写真を見てください』と有沢の声。

そうそう、とまた吾妻の声がして、スマホがスピーカーモードになっていることに気付いた。

言われたように、背後の騒音から、二人は車内にいるのだと察した。

有沢のメールに添付された画像を開くと、複数の男女がカメラに向かって笑顔でグラスを掲げている写真が現れた。

若者が好みそうな、お洒落《しゃれ》な居酒屋の店内だ。

真帆は、その中のひとつの顔に見覚えがあった。

黒髪にピンクのメッシュを入れているせいか、清掃スタッフの制服姿ではなく華やかな私服のせいか、その印象はだいぶ違っていたが、顔立ちは間違いなくフロントの男が見せてくれた写真の女だ。

「安倍美穂……だよね？」

『ええ、安倍美穂こと安斎美央です。昨日聞き込みに応じてくれた学生の一人が先ほど送ってくれたものです。昨日は、井上は先輩だし恨みを買うのは嫌だと写真の提出は拒否されたんですが、もし犯罪に関係することであれば協力すると』

「じゃ、安倍……安斎美央と井上は知り合いだった？　これっていつ頃の写真？」

『昨年初めの、井上が主宰していた美術鑑賞サークルの合コンだそうです』

〈また合コンか……〉と、真帆はうんざりした気分になる。

昨年初めというと、まだ早紀と交際していたはずだ。

その年末に早紀は殺害され、その十ヶ月後の秋、山辺が自殺をした……。

『尤《もっと》も、その学生の話では、美術鑑賞とは単なる名目で、月に二回くらい合コンを企画して、飲んで遊ぶだけのサークルだったみたいです』

「で、どの男がその井上？」

『左の一番奥に見えるブルーのセーターの男です』

それは有沢の話の途中から真帆が気になっていた男だった。

他の学生たちが屈託ない能天気な笑顔を見せる中、一人だけ他の学生たちとは纏《まと》う雰囲気が異なっていた。

『あの森田早紀の元カレにしては、地味だよな』

『他の学生たちと同じ大学なのに、何だか浮いた感じですよね』

吾妻たちも同じ印象を持ったらしい。

地味というより、合コンの開催が主な活動というサークル主宰者のイメージからは想像の付かない堅い感じの男だ。他の学生たちの、革ジャンやトレーナーなどのラフな服装の中で、銀縁のメガネを掛け、上質そうなセーターの首元から覗《のぞ》いているボタンダウンのシャツのせいか。

『まあ、帰国しなくちゃ話にならないけど、この合コンで安斎と知り合っていたなら……』

そう。これで、山辺、早紀、井上、安斎美央の四人が繋《つな》がったということになる。

『合コンは度々あったらしく、これからその学生に詳しい話を聞きに行ってきます』

『俺は有沢さんを送ったら、森田章子にあたってみる。母親なら娘の交友関係に関心がないわけはないし。きっと俺たちがまだ摑《つか》んでないことを知っていると思う』

「え？　早紀の母親って、鬱《うつ》で引きこもっているんじゃないの？　いきなり刑事が行ってもドアも開けてくれないよ」

吾妻が鼻先で笑うのが聞こえた。

『お前さ、俺を誰だと思ってんだ？』

またか……。

いちいち面倒臭い男だな、と電話を切ろうとした瞬間、有沢がいつもの静かな声を出した。

『私が上にお願いしました。資料に問題が見つかったので、再確認したいと』

そもそも森田章子が鬱で引きこもっているというのは単なる噂だということだった。一課長を通じて章子にアポを取ったところ、マスコミ関係者でなければ協力するという返事だった。

〈やっぱり、そう言うことじゃん……キャリアってすごいんだな〉

電話を切り、駅ビルから西新宿の街に出るエスカレーターに乗る。

真帆は須藤早苗がヨーロッパ旅行のツアーに申し込みをしていた旅行会社に向かうことにした。

先刻別れた多摩北署の平田に、その会社の支店名は聞いていた。

時刻を確認すると、すでに正午を過ぎていたが空腹は感じなかった。

靖国《やすくに》通りを渡り、JR新宿駅東口に出る。無論、アプリに頼るが、新宿界隈《かいわい》は良く足を向ける場所だ。見当は付いていた。

思った通り、何度も目にした記憶のある看板が、南口に向かう通りの雑居ビルの一階に見られた。

格安旅行を売りにし、急成長している旅行会社の新宿支店だ。

昼時の店内に、客の数は少なかった。

年配の女子社員が、カウンターの中から柔らかな笑顔を見せた。

手帳を提示して須藤早苗の名前を出すと、「先ほども警察署の方がお見えになりましたけれど？」と、真帆の全身に素早く目を走らせた。

思ったより多摩北署の捜査は迅速だな、と感心する。

「何度も申し訳ありません。捜査班が違うので」と頭を下げると、女子社員は再び笑顔を作り、一番奥のデスクを指し示した。

「あちらの者がお伺いします」

奥のデスクに進むと、若い女子社員が硬い表情で立ち上がった。

早苗の申し込んだツアーの計画書を見せて欲しいと伝えると、女は既に予測していたのか、デスクにあったパンフレットのファイルを差し出した。

【美しい冬の欧州・ヨーロッパ二週間の優雅な旅】

パンフレットの表紙に、パリのエッフェル塔やドイツの古城などの写真がある。

出発は年が明けた一月五日だ。

「須藤早苗さんに応対されたのは、貴方《あなた》ですか？」

「はい、キャンセル待ちのお客さまでして、一昨日《おととい》空きが出たのでお電話でお知らせしたら、直接精算にいらっしゃるとのことで、昨日の午後3時頃にいらっしゃいました」

「その時、須藤さんの様子で何か気付いたことはありませんか？」

「特にありませんが……キャッシュでお支払いになったことくらいですね」

「そういうことは珍しいことですか？」

「カード決済が大半です。代金が少なければキャッシュのお客さまもいらっしゃいますけど……」と、傍にあった別のファイルを開いて差し出した。

「二週間の個人参加で、飛行機もビジネスクラスの申し込みですから、旅行代金は消費税込みで百六十五万円です」

真帆はその金額に驚いた。

「百六十五万円を、キャッシュで支払ったんですか？」

「ええ。帯の付いた札束を二つ取りだして……」

そこで、女子社員は少し小声になった。「お釣りの三十五万円をあんたが数えて返して、と仰《おっしゃ》って」

「あんた……？」

女子社員は、苦笑いして頷《うなず》いた。

「あのお客さまは、天然温泉がお好きらしく、国内の温泉巡りツアーのお得意様ですから、この支店には特別な親近感を持っていただいていたのだと……」

そう言う顔に、言葉とは別の色が浮かんでいる。

その時の須藤の態度は、容易に想像できた。

「あ……それと」

女子社員は、何か思い出したように目を上げた。

「このツアーは羽田《はねだ》からフランスのシャルル・ド・ゴール国際空港着ですけど、パリでの自由時間は何時からで、それは延長できるのかと仰って」

「須藤さんは以前にもパリにいらしたことはあるんでしょうか？」

真帆はまだ知らない街だ。一人で外国の街を散策する勇気はない。

「いえ、海外旅行は初めてと仰ってました。持っていけるユーロの上限とかも気にしていましたから、基本、現金払いがお好きだったんでしょうね」

ただ、先月の温泉旅行までは、カード決済だったという。

少し気になり、真帆は、須藤のカード情報を聞き出した。

無論、ナンバーではなく、カードの種類などの基本情報だ。

「多摩北署とは情報を共有しますし、こちらからの提供ということは内密にしますのでご安心ください」

最近、口からスラスラと出まかせが出てくることを、真帆自身が怖く感じている。

これは、一人前の刑事になったというより、単に嘘つきになったということではないか……？

当たり障りのない話に変える。

「自由時間って、延長できるんですか？　その間に旅行者に何かあったらこちらも責任を問われるんですか？」

　それは、旅行時の事故に対する同意書を得ることが必須《ひっす》であり、旅行会社は責任を問われることはないということだ。

「須藤様にもしっかりと同意していただけました。ただ……」

　須藤に自由時間の延長は可能だと伝えると、その日の夕食をパスした時は、旅行代金から返金してもらえるのかと聞いてきたという。

「食事は旅行代金に含まれていますし、旅行に参加した時点でレストランの予約人数が決まりますから、パスするのはご自由ですが返金はありませんとお伝えしましたら、とても憤慨しておられました」

　それを聞いた須藤の態度も想像できた。

　他に思い付いたことはないらしく、真帆が椅子から腰を上げると、先刻、最初に応対した年配の女子社員が素早く近寄り、低い声で囁《ささや》いた。

「あの亡くなった人が、うちの顧客でツアーに申し込みをしていたことは、できれば外に漏れないようにして頂けますか？　マスコミやネットにウチの名前が出ると、キャンセルが増えてしまうかもしれませんので」

　殺人事件の被害者が申し込んでいたツアーは縁起が悪いとキャンセルする顧客がいるかもしれないというのだ。

　分かりました、と頷いて出入り口に向かう途中、少し離れたデスクから、支店長らしい中年の男が立ち上がって頭を深々と下げた。

久しぶりに、南口の蕎麦屋《そばや》に入った途端、吾妻からの着信に気付いた。

そのタイミングの悪さに、つくづく相性が悪い相手だと思い知る。

電話を無視し、山菜蕎麦を注文してから《食事中》とメールを送る。

吾妻はあれから森田章子に聞き込みに行ったはずだ。

何か新しい情報を手に入れたのかと気持ちがはやるが、とりあえず空腹を満たすのが先だった。

新宿に来るまでに電車の中で読んだ、曜子の占いもそう言っている。

《闇を飛ぶ鷗《かもめ》の姿が見える。餓《う》えた鷗は時を選ばず。たとえその目が見えずとも》

演歌のようだと笑ったが、腹が減ったら、どんな状況でも食べ物にあり付けと言う意味か、と勝手に解釈する。

空腹で頭は冴《さ》えても、最近は体力が追いつかない。

『あのなぁ、俺もまだ昼飯食ってないんだぜ。電話くらいさっさと出ろよ』

蕎麦をかき込み、店外で吾妻に電話を入れると、すぐに不機嫌な声が聞こえてきた。

森田章子に聞き込みをしているはずの吾妻は、荻窪東署にいた。

杉並《すぎなみ》区の成田東《なりたひがし》で強盗傷害が発生し、現在の相棒である若い巡査から呼び出されたという。

『犯人の男も身柄確保されたし、任せるって言ったんだけど、フルさんがブツブツ言ってるって言うから仕方なく署に戻って来たんだ……』

新堂はともかく、あの昔気質《むかしかたぎ》の古沢が吾妻の不在を見咎《みとが》めない訳がない。

案の定、『署長に知れたら始末書もんだぞ！』と、こっ酷《ぴど》く怒鳴られたという。

『ということで、森田章子の聞き込みはそっちに頼むわ。住所はメールで送るからさ』

「え？」

『有沢さんをK大学近くまで送ったけど、その後まだ連絡が取れないし。こっちが片付いたら、またパシリでも何でも協力するからさ……』

語尾に珍しく優しさが感じられ、温かな何かが体の中に広がってくる。

吾妻は荻窪東署の刑事なのだ。

その腰の軽さを利用して引き摺《ず》り込んでしまったが、吾妻には吾妻のやるべきことがある。気心が知れた仲だということに甘えてしまっていたかも知れない。

素直に礼を言おうとした途端、吾妻の無邪気な声が聞こえた。

『……って、有沢さんにメールを入れておいたよ』

「だよね」

被《かぶ》るように呟《つぶや》いて、真帆はすぐさま電話を切った。

「ここからK大学まで通うのは結構大変ですね、ご主人……」

真帆は、真向かいのソファに座る森田章子に言った。

肉の薄い白い顔だ。

その中の静かに光る目が、じっと真帆を見つめていた。

話の糸口として軽く言ったつもりだが、章子の表情は硬いままだ。

その意味はすぐに分かった。

「主人は、大学の近くにマンションを借りています。ここに帰るのは週末だけです。それも、月に一度」

あ……。

〈もしかして、地雷を踏んだ？〉

「お気遣いなく。早紀が亡くなる前からずっとそんな状態です。テレビの仕事が増えたものですから、ここでは不便なので」

「そうですか……」

〈お一人ではお寂しいんじゃないですか？〉と続けそうになるが、口を噤《つぐ》む。

吹き抜けのあるリビングはそう広くはないが、この空間で中年女が一人で過ごすというのは、どこか寒々とした光景を想像させる。

府中市中河原《なかがわら》駅から徒歩数分の、多摩川近くの住宅街だ。

その外観は付近の戸建てと似たようなものだったが、室内はリフォームをしたばかりなのか、新しい木の香りの中に、クロス用の接着剤の匂いが微《かす》かに感じられた。

章子の背後には、クリムトの代表的な作品が飾られていた。

その真帆の視線に気付いたのか、章子が聞いた。「クリムトはお好き？」

「いえ、それほど好きではないです。煌《きら》びやかで素敵だとは思いますけど」

真帆は正直に答えた。

「主人の趣味です。私は、向こうの絵が好きなの」

章子の指の先を追うと、真帆の背後の壁にも架けられた絵があった。

緑色の服を着て腰を下ろしている女の絵だ。

「エゴン・シーレ……ですよね？　好きです、私も」

あら……と、章子の目が丸くなった。

「刑事さんと絵の話ができるなんて思わなかったわ」

「昔、うちにも同じ絵がありました。ポスターですけど」

エゴン・シーレは１９００年代のオーストリアの画家だ。

クリムトの強い影響を受けたが、その作風はかなり違う。

早世した異才の画家であり作風も独特だが、真帆はどこか惹《ひ》かれるものがあった。

その絵は彼の代表的な作品で、真帆の記憶にある幼少期を過ごした部屋の壁に架けられていた記憶があった。

「もちろん、あれもポスターですよ。もう二十年近くも前に頂いたものだから、ちょっと褪《あ》せてしまっているけど……早紀も好きだったんですよ」

そう言い、すぐに顔を曇らせた。

「だった……なんて、過去形で言ったら可哀想だわ」

独り言のように呟くと、頷《うなず》く真帆にまた目を向けた。

「この頃、こうして早紀のことを話すと、いつの間にか過去形になってしまっているんですよ」

早紀は私の作る唐揚げが好きだった。早紀は私と買い物に行くのが好きだった。早紀はメイクアップアーティストになってアメリカの映画会社で働くのが夢だった……。

空《くう》に目を移し、章子の声は続いた。

「こうして、どんどん早紀は過去の人になって、まるで生まれてこなかった子のように忘れられて行く……」

真帆は深く頷いたが、章子は気付かなかったようだった。

少し間が空き、真帆は目の前に置かれたカップを取り上げた。

ハーブティーらしく、発酵した草の香りがした。

少し苦手な香りだ。

唇を湿らせただけでカップを置いて、真帆は切り出した。

「お辛《つら》いことをまたお話しして頂くのは恐縮なのですが……」

タブレットを取り出し、章子の前に差し出した。

「これは、K大学のサークルの写真なのですが、この中に見覚えのある人物はいますか？」

少しの間見つめて、章子はすぐに顔を上げた。

「早紀が付き合っていた、主人のゼミ生だと思いますけど。この子が何か？」

写真の中の井上の顔を指してから、怪訝《けげん》な目を向けてくる。

「早紀さんが、高校時代にこの学生の影響を受けて、その後、生活態度が変わったと聞いていますが」

万引きの常習者で不登校になり、隣町の不良グループと遊び回っていた……とは真帆の口からは言いにくい。

その含みを察したのか、章子は少し口元に笑みを浮かべた。

「確かに、その学生と交際するようになってから、早紀は遊び歩くことは無くなったのは事実です。多分、その生真面目そうな学生に嫌われたく無かったんだと思いますが……主人は、二人の交際を快く思っていませんでした」

不意に章子が吐き捨てるように言った。

「主人は、その学生のことを、クズだと言っていました」

井上博己は、森田雅人をエージェントに推薦した医大教授の息子だという。

そのことから、井上はゼミの教授である森田に、成績の改ざんを要求してきたこともあったらしいと、章子はため息を吐いた。

「光って見えても、中はただの鉄屑《てつくず》……」

呟くように言い、章子は少し笑った。

〈……鉄屑？〉

「でも、そもそも二人が出会ったのは、その学生が主宰するサークルの合コンで、主人が早紀を誘ったわけですから、早紀に強くも言えず……」

「そんな風には見えませんね、他の学生たちとは違って、真面目な学生に見えます」

真帆はタブレットの画面を再び合コンの写真に戻した。

目立つタイプではないが、その地味さゆえ周囲から浮いている男――。

早紀の素行が良くなったのは、その地味さや堅さに合わせた？

それにしても……。

〈この男のどこに惹かれたんだろう……〉

「二人が別れたことを知って、主人はホッとしているようでした……でも、それを山辺が知ったらストーカー行為がエスカレートするのではと、私は不安でした」

当時を振り返るように言いながら、章子は膝《ひざ》の上に置いた両手で拳《こぶし》を作った。

「私の不安は当たってしまいました。私が車で迎えに行けない時は、タクシーを使うよう言っていましたけど、山辺はいつもバイクで跡をつけていたようです」

「警察には、その事は連絡をしなかったんですか？」

「最初の被害届を出しても何もしてくれない警察に対し、早紀も私も通報しても無駄だと思っていました。特に早紀は、警察を全く信用してなくて……ご存じでしょうが、早紀は中学生になった頃から問題を起こして警察のご厄介になったこともあります。遊び仲間の万引きまで早紀の仕業にされたこともあったようです」

補導歴の記録があると、本人の言い分は簡単には聞き入れてはもらえない。

「確かに、早紀が荒れていた時期は大変でした。でも、それは私たち夫婦が原因です」

章子が森田雅人と再婚したのは、早紀が三歳の時だったと記憶している。

「章子さんは早紀さんを連れて再婚されたんですよね」

「ええ……早紀は主人の子ではありません。確かに、二人の間には距離がありましたが、うまくやっていたんですよ、私たち……と、家庭内で特に波風が立つことはありませんでした」

真帆はそっとタブレットを手に戻し、森田夫妻についてのファイルを開いた。

府中西町署の巡査部長から提供された捜査資料や告発状を元に、有沢がまとめたものだ。

章子はまた空《くう》に目を戻した。


《……章子は未婚で早紀を産み、シングルマザーのまま子育てをしていた。

森田雅人との出会いは、当時章子が保険会社の外交員として訪れた大学だった。

雅人が研究員として勤務していた大学院の研究室に、章子は営業のために何度か訪れていてお互いに顔見知りではあったが、休日の駅で雅人は子連れの章子と偶然に会い、それ以来交際が始まった。半年後には三人での暮らしが始まり、一年後に入籍》

先日それを読んだ時には気にならなかったが、両親への聞き取りの中で、二人の出会いまで立ち入って説明を求めることなどあるはずがない。

〈この情報って、本当に捜査資料に記載されていたもの……？　それとも誰かのリーク？〉

真帆は、ネットにあった二十年前の週刊誌の記事も思い出した。

あの記事は、あたかも章子が保険金殺人の犯人だと示唆するような内容だった。が、今目の前にいる静かな佇《たたず》まいの婦人の雰囲気からはとても想像ができない。

「章子さんは、保険の外交員をなさっていたことがあるとお聞きしましたが」

え？　と章子の目に不審の色が浮かんだ。

「それが、何か関係あるんですか？」

「いえ、私の亡くなった母も、非正規ですが同じような仕事をしていたので」

これは事実。曜子が「博之のお給料で十分生活できたのに、悠子さんは、初めから専業主婦になるつもりはなかったのね」と話すのを聞いたことがある。

「営業のノルマが大変で、私の母は一年もしないうちに辞めてしまったようですが……」

軽く言いながら、手元のタブレットに何気なく目を落とす。

《……雅人は生活の不安を抱えることなく博士号を取得し、私立K大学の教員として就職。順調に助手、講師、准教授とステップアップし、昨年、教授に昇格。マスコミに顔を出すようになったのは教授になってすぐのことで、文化人をマネージメントするエージェントにスカウトされたのが切っ掛けだった》

「私が主人の生活を支えていた、なんて言われてましたが……私が仕事を辞めたくなかっただけです。それまでは会社にも大変お世話になったので、すぐに辞めるわけにはいかなかったんです」

「早紀さんの当日の行動は、警察にはお話になられましたか？　こちらのミスかもしれませんが、資料に記載がないので」

章子は少し考える素振りを見せた。

「あの日の夕方、早紀からメールが来ました。アルバイトは辞めていたので、普段は専門学校が終わると真っ直ぐ帰宅していましたけど、その日は珍しく友人とご飯に行くとメールが来たんです」

「山辺のことで何か連絡は？」

「いえ、ここのところあの男の姿は見られなくなったと早紀も安心していたところでし

たという。

山辺の姿は、それまでは週に数回、早紀の専門学校の周囲や自宅周辺で目撃されてい
た」

「何か危害を加えるような様子はなかったと聞いていますが」

「周囲をうろつくこと自体、十分危険じゃありませんか。危害を加えられてからでは遅いんです。早紀はもう帰ってはこないんですよ」

失言だった。すみません、と真帆は頭を下げた。

「その友人の名前は書かれていなかったんですか？」

「あれは嘘だったのかもしれません。あのメールは、山辺に脅されて書いたか、山辺自身が書いたのではないかと思っています」

「すみません……確認のためまたお聞きしますが、この女の子のことはご存じないですよね？」

章子は、真帆が指した安斎美央の顔に目を向けたが、すぐに首を左右に振り、その姿勢のまま低い声を出した。

「刑事さん、捜査資料の不備があっていらしたと言いましたけど……」

「はい……そうです」

「まさか、あの事件を再捜査するということではないでしょうね」

俯《うつむ》いていた章子が、その鋭い目を向けて来た。

「いえ、まだそうではありませんが、少し気になることがありまして」

油断した。

章子が思ったより饒舌《じょうぜつ》だったのは、自分を信用したわけでは無かったのだ。

「この写真が早紀のことと何か関係があるんですか？　早紀を殺した犯人は自殺してしまったんですよ。今更……」

と、言いかけて章子は途端に険しい顔になった。

「まさか、あの姉という人の言うことを信じたとでも？」

「いえ、山辺千香さんの主張を信じたわけではなく、その可能性が強まったんです」

ここで逃げれば、また取り繕うのが困難になる。

真帆は、捜査資料から疑問を持った経緯と、有沢と事件の再捜査を始めていることを語った。

「警察は被疑者の山辺弘樹は自殺したと結論づけましたが、他殺の疑いがあります」

バカな……、と章子は笑った。

「たとえ殺されたにしても、容疑者として指名手配されてから一年近く逃げ回っていたんですよ。早紀を殺したのは、あの男に間違いないじゃないですか！」

先刻まで穏やかだった章子は、人が変わったように語気を強めた。

膝の上の拳が震えているのが見えた。

真帆は、山辺千香から聞いた話を思い出していた。

『そもそも、弟があの子のストーカーだったなんて信じられません。なのに、あの子の母親は……弟を荼毘《だび》に付す時に、斎場に現れて……』

章子は、棺に向かって手にしていた小石を投げつけて叫んだという。

卑怯者《ひきょう》！

『そして、あの人は私に向かって言ったんです』

必ず復讐《ふくしゅう》してやる！

今、静かに自分の怒りと闘っている姿に、その想像する光景は似合わなかった。

けれど、怒りは抑え込めば抑え込むほど危険なものだと真帆は知っている。

「早紀さんは、本当に山辺に殺されたと思っていますか？」

「当たり前です」

「犯人に復讐したいと思いますか？」

「山辺は、もういないじゃないですか。復讐しようにも……」

ああ、あの姉に聞いたんですね？と、章子は笑った。

「あの葬儀の時は、私もちょっと普通じゃなかったんです。人間ですもの、そういうことってあるじゃないですか。あの姉が一言謝ってくれたら、私もあんなふうに取り乱しはしませんでしたよ」

「いえ、犯人は別にいます。必ず捕まえて見せます」

精一杯静かに、そして力強く答えたが、章子は既に興味を失ったように、腰を上げてドアを指し示し、「もうお引き取りください」と真帆に冷たい笑顔を向けた。

殺意 Ⅳ

半年近く顔を見せなかった女に、老婆は何事も無かったように言った。

「ナツコ、苺《いちご》が欲しいの。大きくて真っ赤な苺。前に楽屋に差し入れしてくれたのは誰だったかしら……プロデューサーの金井《かない》さんに頼んでちょうだい」

老婆にとって、今朝は最初から、女は「ナツコ」だった。

「分かったわ、ママ。でも、今日の差し入れは叶庵《かのうあん》の最中《もなか》よ」

女は老婆の機嫌に安堵《あんど》し、笑顔を返す。

引き継ぎをしたヘルパーは、その機嫌の良さにため息を吐いた。「私には、そんな優しい声を掛けてはくれなかったのに」

老婆は、最近は一日の殆《ほとん》どを眠って過ごし、日が暮れると覚醒《かくせい》し、深夜まで喚《わめ》き散らすことが多かったらしい。

女は、もうこの施設には戻らないつもりだったが、「最初の契約どおり、ヨシカワさんが亡くなるまでは世話をして欲しい」と施設長から懇願されたのだった。

十日前、女は川縁《かわべり》のマンションから、隣町の高台のマンションに引っ越していた。

駅までは今までの倍以上の時間がかかるが、近くに公園もあり、歩き始めた一歳の娘を遊ばせるのに都合が良かった。

しばらくは暮らしに困ることのない金額が、預金口座に振り込まれていた。

働くのは、娘が三歳になってからで良いと考えていたが、保育料も施設が負担するという好条件だった。

老婆の世話は確かに面倒だったが、半年前よりかなり衰弱して認知症が進んでいる姿を目にし、思いがけず憐《あわ》れみの気持ちが湧いた。

女にとって、この老婆は生活を保障するノルマそのものでしかなく、今までは必要以上に感情が揺れることはなかった。

昼と夜の食事介助をし、繰り返される妄言を聞き流し、就寝を見届けるまでの時間を淡々と過ごせば良かった。

それだけで、他のパート勤めよりも高額な賃金を得ることができた。

前任のヘルパーから申し送りをされていた〈寝付きの悪い時には睡眠導入剤を1錠〉という事以外は、前任者より老婆にとっては優れたヘルパーだと自負がある。

女が老婆に苛立《いらだ》つことは無い。

老婆はまるで娘のように、女に甘え、笑い、泣き、怒る。

「ナツコはもうどこにも行かないわよね。ずっと傍にいてくれるわね、約束よ」

女は、枯れ木のような老婆の手を握る。

「ママ、大丈夫よ。私は何処にも行かないわ」

老婆が息を引き取ったのは、それから十日後だった。

眠るように……ではなく、眠ったまま起きなかっただけだ。

女は少し寂しい気もしたが、解放感の方が強かった。

数日前からは食事も摂《と》らず、目も開けることもなかったから、他の入居者のほとんどと同じように、老衰として処理された。

老婆が所有していた目黒《めぐろ》の自宅は、たった一人の身内である甥《おい》が相続したが、女にも老婆の持ち物の一部が残された。

高価な宝飾品や衣類は何処かに寄付され、他の多くは処分されたが、未使用のタオルや安価なアクセサリー、そして、やはり安価な絵画やインテリア小物を貰《もら》い受けた。

そして、女は誰にも気付かれず、鍵《かぎ》のかかったクローゼットの引き出しから大量の薬のシートを取り出して鞄《かばん》の奥に仕舞った。

あの男と、そして老婆から自由になれた大切な薬だったから。

老婆は解剖されることもなく荼毘に付され、女は娘との穏やかな日常に戻ることができた。

仮に誰かが何かを疑い女の前に現れたとしても、女は幾つかのストーリーを創り上げて暗記していた。

『もしかしたら、私が知らない間に、ヨシカワさんは薬を過剰摂取したのかもしれません……ええ、就寝前に1錠、お白湯《さゆ》と一緒に私が渡していましたが、いつだったか、枕の下にたくさんの薬が隠されていたことがありました……』

『ヨシカワさんは、本当は歩けたんだと思います。もちろん、ゆっくり足を引き摺《ず》りながらですが、私が忘れ物を取りに戻った時、慌ててベッドに入るヨシカワさんを見たことがあります』

とか。

どちらにしても、女が罪に問われることはない。

鞄に隠した大量の薬は、引き出しの鍵と共に川に捨ててしまったから。

あの老婆は、認知症が進んだとしても、あと数年は生きることができたかもしれない。

女に向かって、あんな言葉を吐かなければ。

刑事V

有沢が指定した水道橋《すいどうばし》の駅前は、冬休みのせいか学生や若者の姿で賑《にぎ》わっている。

この周辺には大学や専門学校が多い上、東京ドームシティアトラクションズがある。元は「後楽園ゆうえんち」という名称だった都市型複合レジャーランドで、週末は地方からも大勢の人が訪れている。

今夜は往年の男性バンドのライブがあるらしく、日も暮れた街には中高年の姿も多かった。

駅前の珈琲《コーヒー》チェーン店に、すでに有沢の姿があったが、向き合う椅子に、パスタを頬張る若い男がいた。

「例の写真を提供していただいた、K大学生の戸川航《とがわわたる》さんです」

有沢の隣に座る真帆に、戸川という学生はパスタを咀嚼《そしゃく》しながら頭を下げた。

「戸川さんの名前は口外しない約束で来ていただきました」

K大学は、水道橋駅から西に10分ほど歩いた所にある。

「どうして、この写真を提供してくださったんですか？」

真帆は、有沢がすでに開いていたタブレットの写真を指した。

先日、有沢と吾妻が、井上のゼミ仲間に聞き込みに行った時でも良かったはずだ。

「あの時は他の奴らもいたし、後で井上先輩に恨まれるとヤバいと思って。それに、美央が疑われたら可哀そうだなって」

「安斎さんのことですか？」

真帆は、写真の中の黒髪にピンクのメッシュを入れている女を指した。

「この井上さんと安斎さんの関係は？」

「付き合っていたんだと思う……他の女子たちは、美央の高校時代の知り合いだと言ってたから、先輩に頼まれて招集したんじゃないかな」

「でも、井上さんと付き合っていたなら、合コンの手伝いなんて普通は嫌なんじゃないですか？」

それに……。

真帆はさっきから気になっていたことを口にした。

「あなた、この写真を提供したのは、井上さんより安斎美央さんを告発するのが目的だったのではないですか？」

「え？」と声を出したのは有沢だった。

戸川は言葉を呑《の》んで顔を赤らめた。

「あなたも、この美央さんとお付き合いしていた、とか？」

戸川が初めから「美央が」と、呼び捨てにしていたことが気になっていたのだ。

戸川は小さく頷《うなず》き、「先輩と付き合っていたなんて、知らなかったから」と唇を嚙《か》んだ。「でも、付き合って一ヶ月も経たないでフラれました」

自分と付き合ったのは、井上への当て付けだったと思うと、悔しそうに付け加えた。

「先輩が疑われているなら、ついでに美央にも仕返ししてやろうと思ったんです」

「ついで、って……」有沢が呆《あき》れたように言った。

「この合コンは、昨年初めということでしたね……ということは」

真帆は有沢と顔を見合わせた。

「やっぱり森田早紀と交際していた時期が重なりますね」と有沢がため息混じりに言った。

森田早紀は、昨年末に殺されている。

そのひと月前に井上と別れ、その原因は井上の二股《ふたまた》交際だったと記憶している。井上のもう一人の相手は安斎美央だ。

「森田早紀さんとは面識がありますか？」

「一度だけ。一昨年《おととし》の夏休み、その時も先輩が仕切った合コンだったんですけど、可愛かったから争奪戦になって……ま、結果は、そういうことです」

井上と、当時まだ高校生だった早紀の交際は、その後直ぐに始まった。

「教授の娘さんだとは知らなかったんですか？」

「先輩は知っていたと思います。教授に頼んだんじゃないですか？　教授がよく話していたんですよ、美人の娘がいるって」

その時二人は知り合い、その後すぐに交際が始まったらしい。

「先輩が疑われているんですか？　美央は関係ないですよね？　てか、あの事件の犯人って、山辺っていうヤツだったんですよね？」

「お二人とも、単なる参考人です。被疑者が死亡しているので事件は解決済みとしてありますが、捜査資料に不備があって……」

有沢が答えるのを聞きながら、真帆は再び戸川の言葉に違和感を覚えた。

「あなた、あの被疑者の名前をずいぶんスムーズに言いましたね。ヤマノベと。普通はヤマベと読む人が多いんですよ」

有沢が不思議そうに真帆を見てから、戸川に顔を向けた。

「まさか……」

真帆がその先を続けた。

「あなた、山辺弘樹を知っていたんじゃないですか？」

「そんなこと……偶然ですよ。ヤマベでもヤマノベでもどうでもいいじゃないですか」

戸川は、思い出したようにパスタをフォークに絡ませ始める。

パスタはすでに冷えて硬くなっていて、なかなかフォークに巻き付いてはくれない。

「戸川さん、もう一度お聞きします。あなたは山辺弘樹を知っていたんですね？」

戸川の手が止まり、フォークが音を立てて皿に落ちた。

「驚きました。まさか、あの学生が……」

戸川が逃げるように去り、真帆がその席に座り直した途端、有沢が呟《つぶや》いた。

戸川が食べ残した皿を下げにきたウェイターに、真帆はドリアを注文した。

すでに時刻は19時を回り、店内に客の姿は少なくなっている。

夕食どきに、こういう喫茶店に来る客は多くない。むしろ、深夜に酔い醒《ざ》ましの珈琲を飲みに来る客が多いのではないかと真帆は思う。

「昭和レトロブームって、いつから始まったんだっけ……」

独り言が声に出ていたらしく、有沢が憮然《ぶぜん》とした表情になった。「聞いています？」

「ごめん。何だか、頭の中が混乱していて」

混乱した時の対処方は、《思考を一旦《いったん》、別方向に切り替えること》。

曜子が昔から言い続けている言葉だ。

記憶の一つに、今いる喫茶店のような情景がある。それは時々不意に現れて、確かめようとすると跡形もなく消えてしまうのが常だったが、今、隣のボックスの親子を見て何かが頭の中でカチリと音を立てた。

母の悠子と並んで座り、クリームソーダが目の前にある。

その向こうで、真帆に笑いかける男。

あれは、博之ではなかったような気がする……。

「やっぱり、安斎美央が山辺の逃亡を助けていたのは本当だったんですね」

有沢の声で我に返る。

戸川の話によると、山辺に初めて会ったのは、山辺が指名手配された直後だった。

久しぶりに連絡のあった美央に心が躍り、指定された場所に車で向かった。

そこは品川の有名ホテルの一室で、戸川はオーダーされた食料や飲み物を買い込みいそいそと出向いたものの、部屋には美央の他に、一人の若い男がいた。

『最初、美央に従兄弟《いとこ》と紹介されたんです。でも、なんかヤバそうな匂いがしたから美央を問い詰めたら、あの教授の娘殺害の指名手配者だっていうから、関わったら大学も退学になるから、通報しない約束をして帰ろうとしたんです。でも……』

だが、山辺は森田早紀殺害を否定し、あれは事故だったと聞かされたと言った。

最初は半信半疑で聞いていたが、山辺の気弱そうな態度から、戸川はそれを信じた。

そして、美央が戸川との交際を再開することを条件に、その後度々ホテルに食料などを差し入れするために向かった。その期間は半年に及んだ。

「高級ホテルを半年以上……よほど身元がしっかりしていないと長期滞在はできないはずよね。誰の名義で宿泊していたんだろう」

肝心の山辺との関係も、美央の知人だということ以外、戸川は知らされていなかったという。

『美央は三鷹にある小さな劇団に所属していて、春の公演の主役が決まったと忙しそうでした。でも、あれ、きっと嘘だと思う。劇団の名前を聞いてもはぐらかされました』

戸川は、その半年の間、一度しか美央とデートできず、それを詰《なじ》り、警察に通報すると美央に告げた途端、山辺はホテルを引き払い、美央とも音信不通になったという。

『詐欺ですよ、デート商法みたいなもんですよ。あの半年間、僕が支払った数十万は、誰も返してはくれませんよね』

戸川は先刻、顔を真っ赤にして怒ったが、真帆は全く同情できなかった。

「自業自得よね。美央にいいとこ見せたかったんだろうけど」

そのホテルに籠《こも》るまでの山辺の行動は教えてはもらえなかったが、美央が貸し出したスマホで暇があれば漫画を読んでいたと戸川は言った。

『アイツからは、何の話も聞いてませんよ。聞けば厄介なことになると思って、なるべく口を利かないようにしていたんです……ホテル代も誰が払っていたのかは知りませんよ。これって、何か罪に問われたりしないですよね？　僕は、美央の居場所を探して欲しいだけなんです。せめて半分でいいから金を返して欲しいんです』

怯《おび》えたように言う戸川に、とりあえず事件は解決済みだと伝えると、心底安心したように腰を上げたのだった。

「山辺が存命中だったら、話は別だって言ってやれば良かったかもね」

唇の端にケチャップを付けたまま店外に走り去った戸川を思い出した。

「それにしても、美央は、いつから山辺と知り合いになったんでしょうね」

姉の千香の話では、山辺に特に近しい友人はいなかったはずだ。

それは、勤めていたコンビニの同僚たちからの証言からも間違いない。

逃亡に協力するほど、山辺と親しい関係だったとはどうしても思えなかった。

「でも、人は見かけによらないですからね。山辺は以前から地下アイドル時代の美央のファンだったとか……」

「美央が井上博己と早紀との三角関係に悩み、早紀のストーカーだった山辺に接近し、早紀を殺させた……とか？」

「椎名さん、それは飛躍しすぎですよ。第一、山辺が早紀より美央を選ぶはずがないじゃないですか。逃亡中に美央に心が揺れたのだったらわかりますけど」

有沢の言うことは尤《もっと》もだが、美央に心が揺れることはなかっただろうと真帆は思う。

早紀と美央は一見同じような見た目だが、雰囲気がまるで違う。

写真でしか目にしたことのない二人だが、早紀には、美央にはない年齢以上の何かがあるような気がした。艶《つや》とか、華と呼ばれる何か。

早紀に執着していたという山辺が、早紀が亡くなったとはいえ、すぐに美央に心変わりをするとは思えない。

「森田章子からは新しい情報が聞き出せましたか？」

真帆は、事件当日、章子に早紀からメールが来ていたことを話した。

『……アルバイトは辞めていたので、普段は専門学校が終わると真っ直ぐ帰宅していましたけど、その日は珍しく友人とご飯に行くとメールが来たんです』

「家族関係は特に問題はなかったみたいだよ」

でも……と、真帆は一旦言葉を切って、有沢を見た。

「あの母親は、只者《ただもの》ではない気がする」

真帆は、章子の目の奥にある暗い光を思い出していた。

それは、真帆の遠い記憶にもある目の光だった。


自宅へ続く商店街は、ぼんやりした街灯が疎《まばら》に点《つ》いているだけで、ほとんどの店はシャッターが下りていた。

その中で、今まさにシャッターを下ろしかけている顔見知りの文房具店の老婆が、真帆に気づいて手を止めた。

「ちょっと、真帆ちゃん！」

この老婆に話しかけられるのは、ここを通る時に真帆が最も避けたいことだった。

この商店街は、真帆が曜子に引き取られた八歳から通い慣れた通りだから、もう二十年以上も行き来している。

その間に何軒か代替わりをしたり、いつの間にか牛丼屋やコーヒーチェーン店に変わっていたりした。

この高野《たかの》文房具店は、そんな中でも老夫婦と息子の三人で続けている数少ない店だ。

老婆はお喋《しゃべ》りで有名だが、真帆の幼い時から［シイナ洋品店］にしょっちゅう顔を出している曜子のお得意さんでもあった。

「あんたのお父さん、再婚するんだって？」

「え？　どこから聞いたの？　うちの伯母《おば》ちゃん？」

「そう、さっきシイナに行って確かめたんだけど、その相手って川中《かわなか》商店街にある食堂の女将《おかみ》らしいじゃない。あたしの従兄弟もそこの常連でね……」

要するに、その常連の従兄弟が女将の再婚を知って、噂を広めたということか。

博之が住んでいる隣駅の和泉《いずみ》多摩川は、歩いてもそれ程時間はかからず、商店街もここからそう遠くはなかった。自転車なら10分もかからない。

「何で、こんな狭いエリアで再婚相手を見つけちゃうのかな」

夕食のきりたんぽ鍋《なべ》をつつきながら、真帆は曜子にボヤいた。

老婆の話は延々と続き、その間、駅と自宅を三往復はできただろうと真帆は嘆く。

「高野の婆さん、他に何か言ってた？　私は、良く知らないって言っておいたけど」

「あれから、何か言ってきた？　お父さん」

「いきなり連れて来られても困っちゃうから、私、ちょっと覗《のぞ》いてきたわよ」

「いつ？」

「さっき」

鍋がグツグツと煮える音だけがして、二人は少しの間黙った。

真帆は呆気《あっけ》に取られただけだったが、曜子は真帆に伝える言葉を探しているようだった。

「……お店に入ったの？」

「まさか……いくら私だって、そんな勇気ないわよ」

曜子は、その大衆食堂に行き、暖簾《のれん》越しにガラス戸の中を覗いただけだと言う。

「カウンターだけの一杯呑《の》み屋よ。定食も美味《おい》しいってネットには出ていたけど」

「どんな人だった？」と、真帆は一番気がかりなことを聞いた。

「……多分、真帆が想像しているような人じゃないと思う」

と言うことは、おそらく曜子も想像していたイメージとは違ったのだろうと思う。

肝っ玉系の中年女ではなかったということだ。

「何ていうか……呑み屋の女将というより、図書館の受付にでもいそうな地味ぃ～な人」

その評価から悪意を差し引くと、物静かな細面の姿が浮かぶ。

「でも、どっちにしたって、還暦よ、還暦！　別に結婚しなくたって付き合っているだけでいいじゃない。ホント、贅沢《ぜいたく》だわよ」

結婚することは贅沢なことなのかと突っ込みたいところだが、黙っていることにする。その女性にもちろん興味はあるが、所詮《しょせん》は自分の問題ではない。曜子のように熱くなることは、この先もない。

「悠子さんと少し似てないこともないけど、悠子さんの方が美人ね」

食器を下げるために立ち上がった真帆は、何気なくチェストの上の、写真立ての中で笑う母の悠子を見た。

この写真を見つめるのは久しぶりのような気がする。

無意識に目にしないようにしているのか、真帆自身も分からない。

食器を持ちかけた手が止まる。

〈誰かの目に似ていると思ったけど……〉

真帆は、森田章子の暗くて静かな目を思い出していた。

今夜はいつもの「まあまあだった」は、曜子に伝えなかった。

占いの内容も良く覚えてはいなかったから。

戸川の口に付いたケチャップを思い出す。

どう言い訳をしようと、戸川が山辺の逃亡を助けたことには違いない。

山辺が真犯人ではないとしても、犯罪の嫌疑をかけられ捜査中であれば、犯人蔵匿罪で三年以下の懲役か三十万円以下の罰金刑になる。

ただ、真帆たちの捜査は公のものではない。

井上と交際していた早紀の事件は、被疑者死亡でお蔵入り。

戸川は、そのことを十分承知で写真を送ってきた？

それほどまでに、安斎美央を恨んでいた？

〈あいつ、本当にパシリだけだったのかな……〉

スマホの着信音が、思考を止めた。

いきなり吾妻の声が聞こえた。

『おまえさ、有沢さんに何か言ったか？』

「何かって、なに？」

『また手伝えるってメールしたら、もう大丈夫って……』

「へえ、そうなの？　てか、それより聞きたいことあるんだけど」

『それより、って何だよ』

「キミは、一度フラれた相手からまた連絡が来て、会いたいと言われたら会いに行く？」

『何だよ、いきなり……ま、相手によるけど、とりあえずは会ってみるかも』

「そこで頼み事をされたら、嫌なことでも断れないもん？」

少し沈黙があり、『それ、有沢さんが同じようなこと聞いてきた』と言った。

やはり有沢も、同じ疑問に気付いたのかもしれないと思った。

吾妻に戸川と章子の話をかいつまんで話すと、『俺だったら、いくら惚《ほ》れた相手の頼み事でもそんなヤバいことは……ってか、何度も差し入れに行って顔を合わせていたんだったら、山辺と美央の関係くらい聞きたくなるのが普通じゃないか？』

「だよね……やっぱりそう思うよね」

戸川は、一時は交際していた美央の言いなりになって山辺の逃亡生活を支えていたのだ。しかも、そのために戸川は数十万の金を払わされていた。

差し入れに行き、山辺と二人になる機会があったというのに、美央との関係を探らないわけはないではないか。

『でさ……有沢さんのことなんだけど』

と、再び話が別方向に向かうのを察知し、「あ、伯母が呼んでるから、またね」と電話を切った。

寝る前に、余計な情報に振り回されずに事件の整理をしたかった。

そもそも、この事件に首を突っ込むことになったのは、捜査資料の中に小さな落書きを見つけたことが原因だった。

あの時、有沢が言った『誰か退屈紛れに落書きしただけなんじゃないですか？』という言葉に従えば良かったのかもしれない。

ちょっとした違和感が気になって仕方がない……。そういう自分の性格がつくづく嫌になる。

せっかく、死ぬほど退屈で、死ぬほど楽な仕事に就いたというのに。

だが、この好奇心と高揚感は、かつて荻窪東署で殺人事件の捜査にあたった時より高まっている。

《厄介な事件ほど解決に至る過程は興味深く、遣《や》り甲斐《がい》がある》

そう言ったのは、新堂だったか、古沢だったか……それとも先輩刑事の誰かだったかはもう忘れてしまったが、今はその心境だった。

公に捜査ができなくとも、再捜査の必要がある事件は見逃してはならないはずだ。

殺人事件の被疑者のまま命を失《な》くした山辺。その無実を信じ単独捜査をし続けた小磯刑事。そして、弟の名誉のために再捜査を望み署名運動をしている千香のためにも。

何より、信頼に足る警察機構であるために……。

そこまで考え、真帆は自分の大袈裟《おおげさ》な考えに少し笑う。

〈何だか、まともな警察官みたいじゃん、私〉

これまでに記録した内容の整理をしてみる。

・森田早紀の遺体が秋川渓谷で発見される。首に絞められた痕《あと》。

（その夕方、母の章子に「友人とご飯に行く」とメール有り）

・早紀へのストーカーとして被害届が出されていた山辺弘樹が指名手配された。
（姉の千香は銀行を退社、自殺未遂を図る）
・その直後、井上博己を巡り早紀と三角関係になった安斎美央が井上の後輩、戸川航に山辺の逃走の手助けを依頼。山辺は都内の一流ホテルに身を隠していた。
（ホテルは誰が手配？　その宿泊代は誰が支払った？　何のために？）
・戸川は一時美央と交際していた。山辺に差し入れ等で多額の出費（約半年間）。
・その後、戸川と美央とが決裂。直後、山辺と美央が戸川の前から姿を消す。
・その約三ヶ月後（事件から十ヶ月後）、山辺は美央が勤務していた「ホテル・花カイドウ」で首を吊《つ》った状態で発見される。被疑者死亡で書類送検・不起訴が決定。
　解剖の結果、胃の内容物に小麦の成分があったが、山辺は小麦アレルギー。

（一流ホテルから花カイドウに宿泊するまでの約三ヶ月間は、何処に隠れていた？）
・第一発見者はホテル主任の須藤早苗と美央。
・須藤早苗が刺殺される。直前に高額な海外旅行の申し込み。

真帆は、戸川がもっと何かに関わっている可能性を疑っていた。

無論、彼が早紀を殺害したとは思えない。動機が全く見つからないからだ。

仮に安斎美央に依頼されたと考えても矛盾がある。早紀がいなくなれば、美央と井上の仲が深くなることも考えられるからだ。それは戸川にとって何の得も無い。

そもそも、早紀は、事件のひと月前には井上と破局している。

その井上にも、早紀を殺す動機はない。

彼にとっては、自分の父親に恩義があり、しかも有名人となった教授の娘との交際は、他の学生たちからの羨望《せんぼう》が得られる。それは、派手なスタンドプレーを好む性格の若者らしい欲望だ。

〈早紀と別れたっていうのは、本当だったのかな……〉

事件の経緯を整理すればするほど、何か釈然としないものが大きく横たわっているのを感じた。


翌日も登庁し、有沢と今後の捜査方針を決めることにしていた。

重丸が出張から帰ってくると連絡があったというからだ。

流石に重丸の許可を得ずに、何度も有沢と二人で休暇というわけにはいかない。

始業時間ジャストに七係のドアを開けると、すでに重丸と有沢の顔があった。

「おはよう、今日は君の当番でしょ？　オヤツは買ってきた？」

と、言いたいところだけど……と、重丸は小さな紙袋を掲げて見せた。

「浜松《はままつ》限定、真冬のウナギクッキー」

有沢がパソコンから顔を上げて真帆と目を合わせた。

「係長、浜松に行ってきたんですか？」

「例によって一課長のお供よ。元警察庁にいた同期のお偉いさんが亡くなって、葬儀に出席することになってね……」

というこことより、と重丸は少し神妙な顔付きになった。

「私は問題ないんだけれど、誰かが君たちの動きを上にチクったみたいでね……」

真帆は有沢と目を合わせた。

「やっぱり二人揃って一日中外出するのは目立つわね」

七係の不在が、そうそう他の部署に迷惑になることなどないが、その自由さを羨《うらや》む者がいてもおかしくはない。

「申し訳ありませんでした。でも、あの事件はやはり再捜査が必要です。このままお蔵入りにすべきではありません」

真帆が口を開く前に、有沢が毅然《きぜん》とした声を出した。

「うん、上に再捜査をさせるに十分な情報や物証があれば、君たちの行動も認めてもらえるはずだから頑張って欲しいんだけど、私にも、上に言い訳できる材料を頂戴《ちょうだい》ね」

重丸はそう言うと、真帆に意味ありげな視線を向けた。「新堂くんにも悪い情報は伝えたくないからさ」

言い訳できる材料……。

状況証拠は揃いつつあるが、全ては推測の域を出ないと言われればそれまでだ。

仮に山辺が他殺だとしても、山辺が早紀を殺害しなかったことの証明にはならない。山辺を自殺に見せかけて殺害した真犯人を仮にAとして、Aが早紀殺害に関与したとは限らない。

だが、二つの事件が全く無関係とは考えにくい。

登場人物は、狭い交友関係の輪の中にいる。

「私、やっぱりもう一度戸川に会ってみる」

ランチに誘ったのは真帆の方だった。

普段は昼食を摂《と》らず、休み時間は図書室で読書をしたり皇居周辺を散歩したりするという有沢だったが、今日は珍しく蕎麦《そば》を食べていた。

「私も行きます。係長の言葉は、あくまでも、自分は責任を負えないと言う意味だと思います」

真帆の考えは少し違った。

荻窪東署の真帆が勝手に捜査することは黙認する。それは、一課長とも話がついていて、おそらく、新堂の耳にも入っているのだろう。

先刻の重丸の意味ありげな目は、そういう意味だ。

だが、警察庁から出向しているキャリアの有沢を、これ以上巻き込むなと真帆に伝えたのだと思った。いわば、有沢は警察庁からの預かり者だ。有沢の経歴に傷が付くようなことや、有沢自身が危険に晒《さら》されるようなことがあれば、重丸一人だけではなく、一課長や刑事部長まで責任を問われる恐れもある。

「大丈夫よ。有沢さんを面倒なことに引き摺《ず》り込んで悪かったと思ってる。吾妻巡査もまた手伝えるって言ってるし」

「吾妻巡査は、多分、私が警察庁の者だから捜査に協力してくれていたんですよ」

そう言えば……。

昨夜の吾妻の言葉を思い出した。『おまえさ、有沢さんに何か言ったか？』

「どういうこと？」

「吾妻巡査って、都内の所轄や本庁の刑事部に知り合いが多いけれど、警察庁には知り合いがいなかったから、私と組めるのはラッキーだって言ったんです」

吾妻らしいな、と真帆は思った。その広く浅い付き合いのお陰で、幾度か救われたことがある。何より、心身共に身軽な男は他にいない。

「それって、何か失礼じゃないですか……だから、私みたいな下っ端と付き合ってもいいことないですよ、と言って、協力を断ったんです」

いけなかったでしょうか？　と、有沢は真顔で言った。

「知り合いを多く作っても、階級が上がるわけでもありません。あの人は何か勘違いしていますよね」

紅潮した顔を向けてくる有沢を見ながら、真帆は、この真っ直ぐすぎる思考に疲れを感じた。

「吾妻巡査は、そこまで計算高いヤツじゃないよ」

「吾妻巡査に今まで協力してもらった事は感謝しています。でも……」

真帆は立ち上がって、有沢の言葉を遮った。

「分かった。とにかく、これから先は私一人で調べるから大丈夫だよ」

途端に眉根《まゆね》を寄せて何か言おうとする有沢に背を向け、真帆は蕎麦屋を飛び出した。


そのまま七係には戻らず、真帆は電車に乗った。

霞ケ関駅の売店でペットボトルの水を買い、ホームで鎮痛剤を飲み込んだ。

忘れていた頭痛がまた始まっていた。

曜子に言わせれば『ただのストレス』ということになるのだが、それなら尚《なお》のこと、今はこれ以上余計な事を頭に入れたくなかった。

頭の中心にあるのは、あの戸川の怯《おび》えた顔。

あの怯え方には、自分が罪に問われることだけではない、もっと別の何かに対する恐れも含まれていると思った。

昨日と同じく、水道橋駅で降りる。

人気の少ないホームの端に立ち、K大学の学生寮に住んでいるはずの戸川の電話番号をメモした手帳を開く。昨日、住所と共に聞き取りをした番号だ。

平日の13時半。戸川が寮にいるとは限らないことに気付く。
昨日の今日だ。何か後ろめたい事があるとしたら寮にはいないかも知れなかった。
何処にいたとしても、非通知の電話には出ないかも知れなかった。
改札口を出て、公衆電話に向かう。
三回コールの後、暗い男の声がした。『何だよ。おまえ、今どこにいんだよ！』
誰……？
その声は、昨日耳にした戸川の声とは違った。

殺意 V

公園には、娘が好きなパンダの遊具がある。

かれこれ十数分が経つが、娘は飽きもせず、パンダの背に跨《また》がって楽しそうに体を揺らしている。

時折吹いてくる暖かい春風に、娘の空色のスカートがふんわりと膨らむ。

女はベンチに腰を下ろし、その愛らしい姿を幸福な思いで眺めていた。

午後からは営業に出るつもりでいたが、明日《あした》にしようかと女は考える。

アポを取った相手は必ず契約をすると言っていた。焦ることはない。

これから娘と近くのイタリアンの店でランチをして、駅前のビルにオープンした子供服の店で夏用のワンピースを買ってやろうと、女は微笑む。

あまりにも穏やかな時間だったから、女は背後に近付く足音には気付かなかった。

「奥さん、お久しぶりです」

振り向くと、コート姿の地味な男が立っていた。

女は、その男の顔を覚えてはいなかった。

「あれから二年ですか……娘さんはもう三歳になられたんですね？」

パンダの上の娘を少し見つめ、男は女に顔を戻した。

女の頭に、一気に過去の情景が湧き上がる。

あの時の刑事か。

「良かったですね、保険金を無事に受け取ることができて。ご主人が自殺だったら保険金は出なかった……今頃、娘さんとこんなにのんびり過ごすことはできなかったかも知れませんね」

男はコートのポケットから煙草を取り出した。

女は、まだ黙っていた。

この諦《あきら》めの悪い刑事の目的は何なのか、女は考えを巡らせた。

「あの保険会社の調査員とは、その後どうなりました？　なかなか良いお付き合いをされていたみたいですね。僕はてっきり再婚するのかと思っていました」

答える義務はない。左頬に痛いほど男の視線を感じながら、女は娘に顔を戻した。

娘はパンダの上から不思議そうな目を向けてくるが、すぐにまた体を揺らし始めた。

「あの支店にあなたが勤めることになったのは、あの調査員のおかげだったのでしょうが、今お付き合いされている方は別の男性のようですね」

「あなた、まるでストーカーね。私をずっと監視していたのかしら」

余計な事は言わないでおこうと思うが、つい嫌味の一つも言いたくなる。

「監視？　いえ、これは捜査の一環です」

「捜査ですって？　ああ、そう言えば、今度会う時は逮捕状を持ってくると言っていましたっけ」

男は左手で風を遮り、安っぽいライターで煙草に火を点《つ》けた。

「面白い話があるんです。世間話だと思って聞いてください」

女から少し離れた所に、男が腰を下ろした。

煙草の煙が風に乗って、女の周りに漂い始める。

「ある介護老人施設にいたお婆さんの話です……」

女は、立ち上がって、娘の名を呼んだ。

「一年半前のことです。認知症以外に健康に問題がなかったらしいんですが、突然亡くなったんです」

娘が笑いながら駆けて来る。

「老衰だということで、唯一の身内である甥《おい》が遺産を引き継いだんですが……」

新しい靴も買ってあげよう、と女は考える。

「その甥は、お婆さんの人柄が嫌いで長年交流はなかったそうですけど、ちょっと気になることがあると、あのホームの施設長に連絡が入ったそうなんです」

娘が足元に抱きつき甘えてくる。

「以前から施設長とは面識があったものですから、僕に相談の電話があったわけなんですが……実は、お婆さんが甥宛に財産分与や遺品のリストを書き込んだ遺言書を送っていたそうなんです」

娘の髪がふわふわと揺れている。

「ところが、その遺品のリストにあるはずの物が……」

女は娘を抱き上げて笑う。「さ、お昼ご飯食べに行こうね」

「続きはまた今度にしますか？」

女は娘を抱いて足速に歩き出す。

「……明日は契約が取れるといいですね」

男の声は続いているが、女が振り向くことはない。

「ママちゃん、あのひとだあれ？」

「さあ、誰だろうね。知らないおじちゃんよ」

公園から歩道に出るまで、胸が早鐘を打っていた。


『ナツコ、あんた、ヒトゴロシの目をしている』

あの老婆の最後の言葉だ。

認知症患者の戯言《たわごと》に違いないから、いつものように聞き流せば良かったのだ。

だが、急に胃の底から苦いものが迫《せ》り上がり、一気に脳天まで駆け上がった。

もうたくさんだった。

せっかく自由になれたのだ。この老婆に苛立《いらだ》つ日々からも解放されたかった。うっかり同情して施設に戻ってしまったことを、女は後悔した。早くこの老婆から離れ、娘を迎えに行くのだ。

無意識に、溜《た》め込んでいた薬のシートを鍵《かぎ》のかかったクローゼットの引き出しから取り出した。

あの内縁の夫が消えてから、自分にはもう必要がない薬だったはずだ。

『あーんして、ママ』と優しく言ってみた。老婆は赤ん坊のように『ああーん』と唸《うな》り、歯のない口を開けた。

薄闇に光るその目は、少し笑っているように見えた。

あの目は時々夢に現れ、その度に不快な汗と共に女を過去に引き戻した。

女はドリアを食べる娘を見ながら、携帯電話を開いた。

新しい機種に変えて、まだ一週間だ。

携帯ショップでは、普及し始めたスマートフォンという高価な携帯電話を薦められたが、片手で使いこなす自信はなかった。

娘の頰に付いた白いソースを気にしながら、女は同居する男にメールを打ち始める。

明日、仕事の後に会うことになっていた相手に、場所の変更を伝えるためだ。

あの刑事が明日も現れるとは思わないが、念には念を入れる。

返信はすぐにあり、よほど退屈な講義なのだろうかと、女は笑みを浮かべる。

《やった！　いつか行ってみたかったレストランだ。何かのお祝い？》

中学生のようなメールに、心躍る自分がいる。

「アイス食べたい、アイス！」

娘の声で女が我に返る。

長年手に入れたかったものが、目の前にある。

どこにでもあるような、笑いの絶えない穏やかな家庭……。

絶対に邪魔などさせはしない。

「うん。お買い物が終わったらアイス食べようね」

女は頬を緩めて、娘の頬に付いたソースを指先で拭《ぬぐ》った。

刑事Ⅵ

あの声の男は一体誰だったのだろう。

『何だよ。おまえ、今どこにいんだよ！』

公衆電話からの着信に、かけた相手も確かめずにいきなりこんな言葉を吐くだろうか。

真帆の一瞬の沈黙を感じ取り、相手が『……戸川？』と怪訝《けげん》な声を出した。

「すみません、この番号は戸川航さんの携帯ではないのですか？」

相手が息を飲む気配があり、「違います」と電話が切れた。

明らかに動揺した声だった。相手は、かけてきたのが戸川だと思っていたようだ。

「つまり、戸川との専用電話か、戸川が公衆電話からかけてくることが度々あったか……だろ？」

運転席の吾妻が顔を向けてくる。

「まさか、専用電話なんてあり得ないだろうし、戸川から電話が入る時間だったとか？」

助手席のシートを倒しながら真帆が答えると、吾妻が呆《あき》れたように笑った。

「どっちにしたって、その携帯は別人のものだったんじゃん。その戸川ってヤツにバカにされたんだよ、おまえら」

電話が切られた後すぐにかけ直したが、すでに留守電に代わっていた。

試しに私用のスマホでもかけたが、同じだった。

真帆はとりあえずK大学に向かったが、途中で気が変わった。

運良く戸川に会えたとしても、〈まさかかけてくるとは思わなかったんで、友人の番号を……これ以上関わり合いになりたくなかったんで〉などと言われたらおしまいだと思った。

確かに、あの戸川は何かを隠している。

吾妻に電話をかけたのは、正解だった。

有沢が内勤に戻ったことを伝えたら、おそらく協力を渋るかもしれないと思ったが、意外にも、吾妻は二つ返事で水道橋まで車を走らせて来た。

K大学の校門が見えるコインパーキングに吾妻が車を停めるまでの数十分、真帆は駅付近を目的もなく歩き回り、吾妻の車の助手席に座る頃にはすっかり体が冷えていた。

「その戸川を探すより、安斎美央の所在確認の方が先じゃないか？」

確かに、戸川を使って山辺の逃走を助けていたという美央の方が重要人物だ。美央は、今までの登場人物全てに深い関わりがある。山辺との関係性は不明だが、唯一彼女だけが、早紀殺害の動機に近い存在なのだ。

「さっき有沢さんからメールがあって、安斎美央の所在確認を急いでいるから、おまえの捜査を手伝って欲しいってさ」

途端に、体の力が抜けてくる。

「なあんだ……やっぱりそういうことか」

「それで肝心の男はどうなんだよ、二股《ふたまた》かけてたヤツ……」

井上博己。その名前は、少し前から真帆の頭にも浮かんでいた。

早紀の事件の捜査に当たった府中西町署の巡査部長から有沢が得た情報と、戸川の供述に違いはない。井上はひと月前からロンドンに留学している。

「考えてみれば、そいつが黒だと思うのが自然かも。俺たち、安斎美央と須藤早苗に気を取られ過ぎていたかもしれない……でも、動機がイマイチなんだよな」

吾妻が独り言のように呟《つぶや》いた時、真帆のコートの中のスマホが鳴った。

『先週までの安斎美央の所在が分かりました。最近まで下北沢《しもきたざわ》の小劇場のライブに出演していました』

興奮気味の有沢の声が聞こえてくる。

「確かなの？　どこから分かったの？」

先日有沢は、有名ではないライブアイドルを探すのは困難だと渋っていたではないか。

『私を誰だと思っているんですか……と言うのは冗談ですけど、地下アイドルの人気ランキングのサイトで調べたんです。ミオと言う名前で』

運転席から、吾妻が怪訝な顔を向けてくる。真帆はスマホをスピーカーモードにした。

「ネットに出ていたの？」

『ミオのファンが運営していたサイトから判明したんです……ランキングは上位ではなく、都内では153位でしたけど』

153位というのがどういう位置なのかは真帆には想像できないが、それほど有名ではないという証明なのかもしれない。

『尤《もっと》も、それが全てではなく、ランキングのサイトも無数にありますから、判明したのは奇跡に近いんです。ミオと言う名のアイドルも百人近くいましたし。でも、安斎美央が所属していたグループは都下では結構有名で、熱狂的なファンも多かったらしいです』

「でも、そのミオが安斎美央だったのはどうやって確かめたの？」

『ファンというのは、自分が推している女の子を勝手に動画サイトで宣伝してくれるんです。芸能事務所に所属しているようなアイドルだったら問題になるのでしょうけれど、どこにも属していない子の方が多いですからね。ミオのファンが運営していた動画サイトに出ているのが安斎美央の写真に酷似していたので、その運営者の割り出しを鑑識の知り合いにお願いして、相手に連絡をしたんです』

「さすが、キャリア！　俺たちじゃ、そう簡単に鑑識が動いてはくれないからな」

吾妻が真帆より先に声を出した。

「有沢さん、係長にまた嫌味を言われるんじゃないの？」

『大丈夫です。係長だって、私たちが止めるわけないと思っているはずです。あんな戸川みたいなチンピラにコケにされて黙っているわけにはいかないじゃないですか』

有沢の言葉に笑う吾妻を見ながら、真帆は戸川の携帯電話の話をした。

『やっぱり……アイツ、絶対に何か隠していますよね。その友人っていうのも、怪しいですね。急いでその番号の契約者を調べます』

「つるんで悪さしているとか。詐欺まがいの……」

「オレオレ詐欺も、最近は手が込んでるからな」

「遊ぶ金欲しさ？」

真帆と吾妻の会話に、有沢が割り込む。

『それはないと思います。K大学の学生の八割の親は高所得者です。実際、戸川の両親も医師で、実家に近い渋谷《しぶや》の高級マンションに一人で住んでいます。賃貸ですが、月に四十万円の家賃だそうです』

「なにぃ！　四十万だと？　俺も渋谷だけど九万五千円のワンルームだぜ？」

そこ？と呆れて真帆が話を戻す。

「戸川はK大学の寮に住んでいるんじゃなかった？　あれも嘘だったのか」

あのヘラヘラした戸川の笑顔を思い出す。「くっそぉ！　あのヤロウ」と、思わず声が出た。

『ホント！　とんでもないガキですよ』と、有沢が同調するのを吾妻が制す。

「まあ、二人ともそう熱くならないで。俺ならその高級マンションに張り込んで、その悪ガキに電話の相手を吐かせることができると思うよ」

吾妻は少し癪《しゃく》な言い方をしたが、確かに、戸川は真帆と有沢が女であることから警察を甘く見たのは否めない。ここは素直に頷《うなず》く。

「で、美央の動画サイトの運営者からは、どういう情報が？」

『動画自体は三年前のものでしたが、三ヶ月に一度くらいの割合でファンを囲むスペシャルライブが未《いま》だにあるそうです。現役ではなくてもずっと追いかけているって、すごいですよね……』有沢の、複雑そうなため息が聞こえた。

「次のライブの予定はあるの？」

真帆の問いに、有沢の声が弾んだ。

『大晦日《おおみそか》に練馬《ねりま》でライブの予定があるそうです。現役五人グループのライブの特別ゲストとして出演予定で、今回で完全に引退すると言う噂です』

大晦日までまだ十日ある。

「まだ十日も先か……」

所在不明だった安斎美央の動向が有沢のお陰で明らかになりはしたが、それまで待ちきれない思いだった。

　だが、安斎美央を実際に目にするのに、十日はかからなかった。

　その二日後、美央は意識不明の状態で板橋《いたばし》区の救急病院に搬送され、ＩＣＵにいることが分かった。その連絡は、有沢に情報提供した動画サイトの運営者からのもので、急《きゅう》遽《きょ》、真帆は有沢と病院に駆けつけた。

　一昨日《おととい》の深夜、美央は板橋区南大和町《みなみやまとちょう》のビルの二階にあるカラオケ店の外階段から転落。階下の居酒屋の店員がその物音に気付き、階段下に倒れている美央を発見、１１９番通報したという。

　美央は、後頭部をコンクリートの歩道に強打した事による硬膜下出血と診断され、命に別状はないが、意識が確実に戻るのは難しいかもしれないと担当医師は語った。

　身元は所持していたスマホから判明し、管轄の南《みなみ》板橋署の警察官がカラオケ店員などから聞き取りをしたらしいが、事件性が疑われないということで捜査は昨日一日で終了し、真帆たちが駆けつけた時に警察官の姿はなかった。

　事故後すぐに、新潟市にいる美央の親族に連絡が入っているはずだということだった。

「でも、その母親も糖尿病の悪化で入院中らしく、すぐには誰も来られないということです」

　説明を終えて離れて行く医師に代わり、看護師長の女は、顔を曇らせてガラスの向こうを目で指した。

　心電図や呼吸などをチェックする生体情報モニターの画面にさまざまな光が輝き、傍のベッドに頭を包帯で巻かれた女が横たわっている。その顔立ちは、確かに写真や動画にある美央に違いなかった。

点滴のチューブが刺さった腕の先に、カラフルなマニキュアを施した長い爪が見えた。

「ようやく会えたのに……」

有沢も隣で深い息を吐くのが分かった。「昨日、せっかく一歩近付いたと思ったのに」

昨日、真帆と有沢の許《もと》に、美央に関する新しい情報が入ったばかりだった。

美央には過去に微罪処分の前歴があったことが、吾妻の調べで分かった。

二年前、美央はSNSのマッチングアプリで知り合った会社員と居酒屋に行き、酔い潰《つぶ》れた会社員の財布から一万円札二枚を抜き取り口論となった。あまりの騒ぎに、店主が通報し、すぐに警察官が駆けつけた。美央は居酒屋の支払いをするよう会社員に頼まれたと言い、会社員はそれを否定。両者とも近くの警察署に連行されたが、証拠不十分であることと、会社員は泥酔状態に近く記憶も曖昧《あいまい》だったことから、美央は微罪処分として釈放された。

その時の記録が、渋谷の代々木北《よよぎきた》署に保管されていた。吾妻は、当時、美央が定期的に出演していたのが、渋谷区笹塚《ささづか》にあるライブスタジオであることを動画サイトで知り、付近の交番や警察署の記録を片っ端から調べたと言った。

『ピンときたんだよね、この子は絶対に何かやらかしてるって』

吾妻は偉そうに嘯《うそぶ》いたが、その情報源は、ネットのファンサイトからのものだと思った。だが、その熱意は認めざるを得ない。

その時の記録から住所が判明。笹塚にあるその賃貸マンションを、今日訪ねる予定でいて、有沢と下北沢の駅で待ち合わせ、乗り換えホームに向かう二人に一報が届いたのだった。

有沢に連絡をくれた動画サイトの運営者はコアなミオファンで、美央に携帯番号を登録させるほどの信頼関係にあったという。

『昨日警察から連絡があってびっくりしました。俺も飛んで行きたいんすけど、宅配のバイト休めないんで。ミオの意識が戻ったら連絡してもらえますか？』

スピーカーに切り替えた有沢のスマホから、若い男の声が響いていた。

『板橋は美央が上京した時に初めて住んだ町っすよ。土地勘があるから落ち着けたんでしょうね。きっと歌の練習をしてたんすよ。もう何ヶ月もライブなかったけど、俺は歌なんか下手でもミオに会えれば生きる張り合いが……悔しいっすよ、ミオを守れなくて』

延々とミオ話が続く予感がしたのか、有沢は礼を言って電話を切った。

「守るって言っても、別に付き合っていたわけじゃないんだろうに」

中学時代にファンになった少年グループはいたが、それ以来、特別に憧《あこが》れる芸能人もいない。真帆にそのファン心理は理解できなかった。

「思い込みですよ。ファンって、そういうことでしょう？　でも、今回は感謝しなければばならないですね」

いつもの言い方で有沢は鼻を鳴らしたが、「本当に、ありがたいんですよね、ファンって」と、納得するように頷いた。

「でも、この子、本当に一人でカラオケに行ってたのかな」

真帆の違和感に、有沢も同調する。

「府中の事件に関連付けて考えるのは、多分私たちだけでしょうから、今のところ事件性を疑う警察官はいないでしょうけれど、これはただの事故ではないかもしれませんね」

数十分後、真帆と有沢は、美央が入店していたというカラオケ店に向かった。

そのビルは、板橋本町《ほんちょう》駅から旧中山道《なかせんどう》を少し歩いた小さな商店街の中にあった。

「このビル、相当古いですね。まさか戦前に建てられたものではないでしょうけれど」

唖然《あぜん》とビルを見上げる有沢の横で、真帆は、その急勾配《きゅうこうばい》の外階段を見上げていた。

それは、真帆の住むビルの階段より更に勾配は急に見える。

「客は若者だけだね、きっと」

一階は居酒屋とラーメン店の看板が出ているが、ラーメン店は長い間営業していないのか、暗い店内に段ボールなどが雑多に積まれているのが見える。

転落した美央を見つけたのは、隣の居酒屋の店員と聞いていたが、昼の時間のせいか、人影は見られなかった。

有沢が身軽な足取りで階段を上がる後を、真帆は少し息を切らしながら続いた。

自宅の階段の上り下りで慣れているはずだったが、いくら三歳だけとはいえ二十代の有沢には敵《かな》わない。

そのカラオケ店は、派手な看板もなく、寂れたスナックのような入り口をしていた。曇りガラスのドアに、「カラオケ 夢ランド」と書かれたアクリル板が貼り付けられている。

「うちのせいじゃないですからね。あの客、入店した時から相当酔っ払ってたみたいで、しかも一人客だから、本当は断りたかったんですよ」

店主だという中年男が、受付カウンターの中から近付いて来た。

「あの女性に連れがいなかったのは確かなんですね？」

「一昨日は、あの客も含めて四人しか来なかったから良く覚えてますよ。バイトの子も休みだったから、私一人で接客してましたしね」

「酔って、一人カラオケか……」

その少し侘《わび》しい光景を想像しながら呟《つぶや》くと、店主がすぐに首を左右に振った。

「いや、あの客は歌ってなくて、電話ばっかりしていたみたいですよ」

店主は、美央が入店してから約1時間の間にドリンクを二回運んだというが、そのどちらの時にも美央はスマホで会話をしていたという。

「何か揉《も》めているようで、バカやろーとかふざけんな、とか。あんなに可愛い顔をしてるのに……ちょっと引いちゃいましたよ」

「こちらに防犯カメラは？」有沢が周囲を見回しながら尋ねた。受付の側に細い通路があり、左側に、カラオケボックスと見られるドアが三枚見えた。

大型店でなくても、出入り口と通路の天井にはカメラが設置されていることが多い。

「あ、そういうのはありません。別に法律で決まっているわけじゃありませんしね。消防法はちゃんと守ってますから問題ないでしょ？」

そういう問題ではないと言いたかったが、有沢がすぐに会話を繋《つな》げた。

「このビルの外で防犯カメラがある所を知りませんか？」

「ダミーなら幾つか商店街にあるけど……」と、少し考え込んで、店主はハッとした顔になり、窓の外を指した。


店主が指したのは、向かい側のビルだった。

カラオケ店が入っているビルと似たような三階建ての古いビルだが、一階には小綺麗《こぎれい》な外装の整体院があった。

『あの店の入り口にあるのは本物だっていう話だよ。半年前だったか、夜中に空き巣に入られてから付けたらしいよ』

カラオケ店の店主が言った通り、整体院の院長だという男が好奇心丸出しの顔で映像データを真帆に転送してくれた。

「僕もちょっと気になって、あの夜の映像見たんですよね。こっちから警察に渡そうかと思ったんだけど、女房が関わり合いになるなって。もしヤバい事件かなんかだったら、客足に影響するからって」

院長が話している間に、真帆はタブレットを開いて映像を見た。

深夜ということもあるのか、周囲はシャッターが下りた店が多く、カラオケ店のある向かい側の居酒屋だけが煌々《こうこう》とした光を放っている。

二階に通じる外階段の手摺《てす》りの所々に小さな電球が付けられているが、カラオケ店の入り口付近は階段から続くコンクリートの壁と、手前の電柱で遮られている。

居酒屋から数人の客が出てくるのと入れ替わるように、女が駅方向からフレームインした。時間は23時02分。

黒いダウンコートにスキニージーンズの髪の長い女が階段を上がり始める。

真帆の横で覗《のぞ》いていた有沢と目を合わす。

女の顔は不確かだが、背格好は美央に似ている。

「早送りした方がいいですよ、しばらく誰も映ってないです、あの事故が起きるまで」

院長の言葉に従い、少しの間早送りをする。

再び階段上に現れた女の顔は、間違いなく美央だ。その足元は、上がって行った時よりかなりふらついている。

時間は23時58分。

美央が上から三段目に足を下ろそうとした瞬間、いきなり上体が前に倒れ込み、一気に転がり落ちて歩道に頭を打ち付けた。

「ネットに上げたら再生回数ハンパないと思ったんだけど、女房がやめろって……」

真帆は映像を逆再生する。何かが、目の端を走ったような気がした。

「事故ですね、誰か突き落としたんじゃないかと思ってましたけど」

有沢が落胆した声を出す。

美央が二階の階段から落ちる瞬間を、真帆は何度か繰り返して見る。

やっぱり……。

「……これ見て」真帆がタブレット内の美央の足元を指した。


3時間後の16時半、警視庁捜査一課の会議室に合同捜査本部が設置された。

入り口に《東京西部連続殺人事件　合同捜査本部》という長い紙が貼られている。

前例のない異例の速さだが、事件の複雑さを考慮し、一課の威信に関わる事件だと上が判断したに違いなかった。

会議室には、府中西町署、多摩北署、南板橋署から数十人の捜査員たちが集結し、正面の65インチのモニターに目を向けている。その中には、多摩北署の平田刑事の姿もあった。真帆を合コンに誘った刑事だ。

「……各事件の被害者たちに交友関係があったことは単なる偶然とは思えない。先ほど管理官が仰《おつしや》ったように、刑事部からこれらの事案の再捜査をする許可が下りた。各班、心して早期解決に尽力するように。では、有沢警部、ご説明をお願いします」

一課長の挨拶《あいさつ》が終わり、有沢が立ち上がった。

「まず、一昨日の板橋での女性転落事故についてですが、これは事故ではなく、殺人未遂事件であることが判明しました」

会議室前方にある65インチのモニターに映像が映し出される。

「これは、被害者が転落する瞬間を捉《とら》えた防犯カメラの映像です」

何度も見直した映像が動き出す。

「……被害者の上体が前のめりになる瞬間です」

説明する有沢は、美央をすでに被害者と呼んでいる。

先刻、重丸から状況説明を任された有沢は、緊張した面持ちで首を左右に振った。

『無理です。私、大勢の前に出て話すことが苦手なんです。椎名さんの方が適任です』

あの拒否反応は意外だったが、多少の緊張は見られるものの、有沢の声は落ち着いていた。

「被害者の、この左足首を見てください」

静止画になった映像は、美央がバランスを崩した瞬間のもので、有沢の持つ指し棒が、美央の足元を指した。

「被害者が階段を降りる瞬間、入り口の方の壁から細いパイプのような物が現れて、被害者の足首に巻き付き、被害者が転落するのと同時に、また壁の陰に引き込まれていきます」

説明する有沢の横に、数人の男と重丸が一列に座っている。

「おまえが説明すりゃいいじゃん。見つけたのはおまえだろ？」

真帆の隣に座る吾妻が囁《ささや》いた。

「有沢さんの方が説得力あるもん。係長を動かして本部を立ち上げさせたのも有沢さんだしね」

あの映像の中に不可解な影を見つけたのは確かに真帆だったが、それを鑑識課に送り、迅速に鮮明化させたのは有沢だ。

重丸もその映像に興味を示し、一課長と刑事部長に捜査許可を取り付けた。

「でもさ、おまえの手柄には違いないんだから、そこんとこちゃんと上に認めさせなきゃ損だぜ」

吾妻が自分のことのように少し声を大きくした。

「有沢さんはキャリアだから、そう頑張らなくても上に行けるんだ。俺たち雑魚《ざこ》は目立ってナンボだからな。いいな！」

吾妻は新堂と荻窪東署の刑事課長の許可を取り、正式にこの捜査本部に出向になった。

吾妻が囁いている間、真帆は手元のタブレットで映像を見ていた。前方の大型モニターの映像と同じものだ。

有沢の説明が続いている。

「このパイプのような物を、更に鮮明化したところ……」

画像が切り替わると、捜査員たちの間から驚きの声が上がった。

パイプに見えたのは、白い傘の柄だ。

それは、美央が階段を降り始めた直後、カラオケ店の入り口に向かう壁の下から伸び、美央の左足首を捉えた。

「傘の柄で引っ掛けたのか⁉」吾妻が唸《うな》るように言った。

「犯人はカメラの死角になる床に這《は》って、姿が見えないようにして傘を使ったってことよね」

人影が映っていなかったため、美央は足を滑らせて転落したように見えていたが、実際は、何者かが故意に転落させたのだ。

「これで、この安斎美央の転落事件は、単なる転落事故ではなく、殺人未遂事件であることが判明しました」

大勢の前に出て話すことが苦手だと言っていた有沢だったが、張りのある堂々とした物言いで説明を終え、管理官の隣の席に腰を下ろした。

「それでは、各署の担当事件の再捜査を開始する。必ずこの三人の被害者に共通した、犯人の動機に繋がるものを見つけ出し、一刻も早く真犯人に辿《たど》り着くように！」

有沢と代わり、一課長が捜査員を鼓舞すると、その横にいた重丸が強い口調で後を続けた。「辿り着くだけじゃなく、確保！ 検挙！ 逮捕よ！」

トラ丸の掛け声に、弾《はじ》かれたように捜査員たちが席を立った。

この映像から、秋川渓谷で遺体が見つかった森田早紀殺害、その被疑者が自殺したホテルの主任だった須藤早苗殺害、そして、その同僚だった安斎美央の殺人未遂事件が一本の線で結ばれたことになる。

ただ、それらの事件は、被害者同士が顔見知りであること以外の因果関係は分からず、また、その三件の事件が同一犯によるものだという証拠は何一つないことから、一課長も最初は合同捜査本部を本庁に設置することには難色を示した。

それを押し切ったのは、他ならぬ重丸だった。

『昨年の貸しを返してもらっただけよ』

その意味の詳細は教えてはもらえなかったが、七係に来ることになった責任の全てを重丸が引き受けたことにあるらしいと、有沢から聞いた。

これで、各事件の捜査が深いところまで及ぶことになれば、真帆たちにはまだ分かっていない新たな人間関係が顕《あらわ》になるかもしれない。

そして、まだ捜査員たちが目を向けてはいない、山辺の自殺の真相解明にも近付くことができるはずだ。

真帆は久しぶりに捜査会議の雰囲気に浸り、ようやく正常な血流を取り戻したかのように感じていた。

「言い出したのはウチなんだから、ちゃんと結果を出しなさいよ。どうせ後から何だかんだと言われて始末書いっぱい書かされるんだから」

七係に戻ると、重丸は興奮気味に真帆と有沢に向かって言い、出入り口のドアの側で所在無げに佇《たたず》む吾妻に笑顔を向けた。

「新堂君の子分と仕事ができるなんて嬉《うれ》しいわ。私の相棒として頑張ってくれるんですって？」

「いや、あのぅ……」と、助けを求めるような顔付きで見る吾妻から視線を外し、真帆は有沢と捜査方針を相談しようと目配せをした時、内ポケットのスマホが震えた。

多摩北署の平田からのメールだ。

《ご無沙汰《ぶさた》です。例の須藤早苗のスマホの件で、さっき声をかけようとしたのですが、府中西町署の知り合いに捕まってしまったので、メールにします……》

おそらく各携帯電話会社との契約の有無を確かめ、本人の物にたどり着いたのだろう。勤務先や取引先といった仕事関係の他は、数人の電話番号やメールアドレスを取り出すことができたが、それらの個人には全てアリバイも立証され、事件に繋《つな》がるような人物はいないという連絡だった。直近の着信履歴も数件添えられていた。

だが……。

その登録されていた電話番号の一つに、真帆は微《かす》かな覚えがあった。

急いで、自分のスマホのメモ帳を取り出した。

直近でメモした電話番号は、その一つだけだ。

「やはり出ませんね。この番号の契約者を調べますか」

有沢はスマホを切って、硬い表情を作った。

「アイツ、こうなることを予測して電話番号を私たちに……」

「やっぱり、戸川を取っ捕まえないとね。あの電話に出た謎の男も絶対に怪しい」

真帆たちの会話を聞きつけた吾妻が、駆け寄った。

「戸川は俺たちの方がいいと思う。二人とも女だからって甘く見てるから、またはぐらかされるぞ。ですよね、係長」

「そうね。一応、私も女ですけど」と、重丸は複雑な笑みを浮かべた。

吾妻の提案で、真帆と有沢は、板橋のカラオケ店に聞き込みに向かうことにした。

すでに所轄の捜査員が動いているかもしれず、急がなければならない。

所轄の刑事と競うわけではない。

聞き込みの対象者の多くは、同じことを何度も聞きに来る警察を快く思ってはいない。

『さっきも話したけど？』『何人同じことを聞きにくるの？』『あんたら、税金の無駄遣いだよ。一人で十分じゃん』……。

そして、彼らの話は、所々不確かなものとなっていく。

有沢とエレベーターに乗り込み、一階のボタンを押すと、脇から有沢の指が地階のボタンを押した。「私の車を出します」

有沢が車通勤だとは聞いていなかった。

「今日からは堂々と捜査できますからね。車も停め放題ですし」

有沢が年齢相応の表情を見せて舌を出した。

駐車禁止の場所でも、赤色灯をルーフ上に載せておけば覆面パトカーだと分かり、近隣住民に通報されたり違反ステッカーを貼られたりすることはない。

有沢の車は、想像していた車とは違った。

「意外だな。もっと可愛らしい車かと思った」

助手席に座り、素直な感想を口にすると、運転席の有沢がシートベルトを装着しながら鼻先で笑った。

「J・レネゲード、中古で二百五十万。三年ローンです」

シルバーのいかつい車だ。コンパクトではあるが、可愛らしいとは言い難い。

「本当はもっと大きいのに乗りたいんですけど、小回りが利かないと東京じゃ走りにくいですよね」

特に、今回のような現場の捜査では……、と有沢はアクセルを踏んだ。

「じゃ、吾妻巡査にパシリ頼んだりしなくても良かったんじゃない？」

「吾妻巡査と一緒だと楽じゃないですか。全部喋《しゃべ》ってくれるし助かります」

有沢は曖昧《あいまい》に笑い、車が内堀《うちぼり》通りに入ると、声のトーンを落として言った。

「前に、私、ストーカー被害にあったことを話しましたよね」

その唐突な言葉に、真帆は思わず有沢の方に顔を向けた。

有沢自ら、自分の話を切り出すことは初めてで、真帆は少し緊張して頷《うなず》いた。

確か、そのストーカーは、有沢の自宅の最寄り駅のホームで、入線してきた電車に飛び込んだと言っていた……。

「大学のサークルの先輩だったんだよね？」

「私、初めはその先輩にちょっとだけ憧《あこが》れていたんです。でも、ずっと話すチャンスもなくて、決まった彼女もいるらしいって聞いていたから諦《あきら》めていたんです」

「え？　そんな人がどうして」

有沢は、サークル参加の合宿中に、その男に交際を迫られた。だが速攻で断ったことで、かえって男の執着心を駆り立てたのだと言った。

「きっと、女子に断られた経験がなかったんでしょうね。プライドが傷付いたとか。でも、彼女がいる人と付き合うなんて考えられないじゃないですか。揉《も》めるのは目に見えてるし」

「分かんないな、私には。そんなことで二年近くもストーカーした挙句に自殺って」

「当て付けでしょうね。他にも理由はあったと思います。競馬にのめり込んで借金がたくさんあったとか、薬に手を出したとか、いろんな噂がありました」

「やっぱり、それが警察官になったことと関係があるのね」

「今考えればそうかもしれません。でも、たまたま法学部に在籍していたので、警察キャリアもいいなって。階級が上だとあんまり人と話さなくても済むと思ったんです」

はあ……としか言葉が出ない。

「でも、甘かったです。一日中デスクワークしていると、やっぱり何処か病んでくるんです、私。知らない間に鬱《うつ》気味になっていて、半年間休職して、七係に出向させられたんです」

「七係も本来はデスクワークじゃん」

真帆もたったひと月で嫌気が差していたところだった。

「でも全く違いますよ。雰囲気も、周りの人たちも」

「それは係長のおかげかもね」

「キャリアの花道から大幅に外れて、気が楽になりました」

有沢は言い、納得するように頷いた。

「まあ、今でも他人と深く付き合うのは苦手ですけれど。本当は人見知りですし」

自分と同じだ、と真帆は思った。

ただ、曜子がいつか言ったように、人と深く付き合わなければ、自分のことが分からないものだという意味も、最近は少し分かる。

「でも、何か、最近は七係が楽しくなりました。もちろん、こうして捜査ができるからでしょうけれど」

椎名さんの影響も……。

そう聞こえたような気がしたが、いつの間にかその声が遠のき、クラクションの音で我に返った。

「何やってんだよ！　トロトロ走ってんじゃねーよ！」

一瞬、誰の声だか分からなかった。

ハンドルを握ると人が変わるというのを、初めて真帆は目の前で見た。

静かにまた目を閉じ、車が高速を降りるまで真帆はじっと眠ったふりをした。

19時過ぎ、真帆と有沢は再び「カラオケ　夢ランド」のドアを開けた。

通路の奥から下手な歌声が微かに洩《も》れている。

「……またですか」

店主は、想像通りの反応を示した。

美央の転落は事故ではなく事件だと知らせると、「マジで!?」と、店主は驚いた声を上げた。

所轄署や本庁一課の刑事たちの聞き込みはまだらしいことが分かる。

「あの夜は、夕方にカップルが一組……その客が帰った後は、22時過ぎに若い男の客が一人来て、一番奥のボックスを使っていて、あの女の子が帰る少し前に帰りましたね」

真帆は有沢と顔を見合わせた。

店主がパソコンを操作して、その日の売り上げ台帳を見ながら言った。

「間違いないですね。カップルが20時40分に帰って、その後の22時10分に男の客が来て、帰ったのが23時50分頃ですね」

「転落した女の子が帰ったのはその少し後ですよね？」

真帆の動悸《どうき》が移ったのか、有沢も早口になっている。

「そうです。いやぁ、これで店仕舞いしようかと思ってホッとしたのに、人騒がせな。でも、事件って……？」

有沢が説明している間、真帆は昼間の店主の言葉を思い出していた。

『いや、あの客は歌ってなくて、電話ばっかりしていたみたいですよ』

『何か揉めているようで、バカやろーとかふざけんな、とか。あんなに可愛い顔をしてるのに……ちょっと引いちゃいましたよ』

店主は、一人客の男の顔は覚えていないと言い、戸川が提供した合コンの写真を見せたが、首を左右に振った。

不満と好奇心が入り混じった顔付きの店主に礼を言い、階段を駆け下りて向かい側のビルに向かうと、入れ替わるように数人のスーツ姿の男たちが階段を駆け上がって行った。南板橋署の刑事たちに違いなかった。

昼間、整体院から受け取った防犯カメラの映像は、美央が入店する時から転落するまでのデータだった。

それ以前のデータに何故考えが及ばなかったのかと、真帆は後悔した。

「仕方ないですよ、あんなやり方で転落させられたなんて誰も考えませんから」

有沢も自分自身に言い訳をするような言い方をしたが、真帆は久々に落ち込みながら、整体院のドアを開けた。

《大きな穴から出られず、もがき苦しむ猪のような獣の姿が見える……》

朝の電車でチラリと眺めた曜子の占いを思い出していた。


整体院から受け取ったデータを、真帆と有沢は駐車した車の中で開いた。

「これですね……」

22時10分。

ダウンのフードをかぶり、黒マスクをしている小柄な男が駅方向から来て、カラオケ店への階段をリズミカルに駆け上がって行き、ドアの中に消えた。

店主が言っていた、一人客の男だ。

動画を巻き戻し、男の横顔が街灯に照らされる瞬間に静止させる。

目元が少し見えるが、横顔なので、人相は分からない。

「正面だったら、輪郭から復元や顔認証も可能かもしれませんけど、これでは難しいですね」有沢が落胆した声を出す。

その後はしばらく誰の姿もなく、23時58分の美央の転落動画に繋《つな》がる。そして、居酒屋から数人の男が飛び出して来て倒れた美央を取り囲み、カラオケ店からも店主が駆け下りて来る。

その約5分後に救急車とパトカーが一台ずつ現れ、美央や野次馬たちの姿は救急車の陰に隠れてしまう。美央を乗せたと思われる救急車が走り去り、パトカーも去るのは、12分後。残された野次馬と店主が立ち話をし、全ての人影が消えるまでには美央の転落から40分近い時間が流れた。

「あの黒マスクの男、確か、カラオケ店の店長の話では美央が店を出る少し前に帰ったって言ってましたよね」

『間違いないですね。カップルが20時40分に帰って、その後の22時10分に男の客が来て、帰ったのが23時50分頃ですね』

「美央の転落は、23時58分……」その8分前に男は帰ったと言うが、カメラの動画に、その姿は映っていない。

「どういうこと？」

何度かその時間を再生するが、美央以外に映っているのは、転落する瞬間に足元に絡んだ傘の柄だけだ。

無論、傘は生き物ではない。

「男の仕業に間違いないはずだけど、あの騒ぎの中で、どうやってあの場所から消えたんだろう」

「それに、美央より先に出て待ち伏せてたなら、どこに隠れていた？」

あのカラオケ店の入り口付近に、身を隠せる場所などあったのかと思い出してみる。

――と、有沢が呟《つぶや》いた。「ドア……」

その途端、真帆も同じことを考えた。

「そうだよ！　ドアは店の内側から開いたはず。ヤツは店を出て、内側から開いたドアの陰に隠れるようにしゃがんでいたんだ」

「ええ、それなら、酔っていた美央はドアを閉めず、男に気付かないまま階段の方に向かいますよね」

「そして向かい側のカメラに映らないように床を這って、傘の柄で……でも、その後はどうしたんだろう？　仮に男が騒ぎに乗じて降りて来たとしても、残っていた野次馬には映っていないよ」

「何か絶対にカラクリがありますよね。至急鑑識にこの画像も鮮明化してもらいます」

吾妻から着信があったのは、有沢の車が駐車禁止の幹線道路から発進した直後だった。

意外にも、戸川は自宅マンションのドアをあっさりと開けたという。

『アイツ、警察が来るのを待ってたような口ぶりだったよ。ふざけた野郎だ。でも、安斎美央の話をしたら固まってた』

「それで、電話の件は？」

『契約者は、そのふざけた野郎で、友人に貸してあるんだって』

答えたのは、重丸だ。

『でも、戸川は公衆電話からしかかけるなと言われてたらしいよ。他の番号には絶対出ないからと。ヤツの話だと、友人っていうのが街金から追われていて、しばらく海外に逃げていたらしいぜ』

「誰ですか、その友人」

すでにその名前の見当は付いている。

有沢の頭の中にも、同じ名前が浮かんでいるはずだ。

『俺を誰だと思ってんだ、って言いたいけど、係長が一喝して吐かせたんだよ』

『尤《もっと》も、その名前を言うのが目的だったんでしょうけれど、野郎なりに最後まで仁義は通したって言い訳が欲しかったのか、何か大きな借りがあったんじゃないかなあ』

それにしてもバカよね、と重丸は高らかに笑った。

真帆は、カラオケ店と整体院からの情報と、自分達の推理を伝えた。

そして、ひと呼吸してから聞いた。

「井上博己ですよね？」
重丸が答えた。
「ピンポーン！　二週間前に帰国していたらしいよ」

その夜、真帆は初めて本庁捜査一課の仮眠室で横になった。備品倉庫を改装した荻窪東署のそれとはまるで違い、ビジネスホテルの個室のように、清潔な簡易ベッドもあった。

曜子に、今夜は帰宅しないことをメールで伝えたが、すぐに返信は来なかった。

おそらく近所のスナック辺りで呑《の》みながら世間話をしているのだろう。

今夜はクリスマスイブだ。

森田早紀が殺害されてから丁度一年だ。

写真で見たあのメガネの地味な学生を、暗闇の中で思い浮かべる。

井上博己はロンドンに留学中ということもあり、事件の真ん中にいたにもかかわらず軽視していたことを反省する。

まだ重要参考人でしかないが、井上には、森田早紀、須藤早苗、安斎美央を殺害する動機があった。

戸川の話では、井上を挟んで美央と三角関係にあった早紀は、井上と別れたがっていたという。

だが、井上は有名な大学教授の娘である早紀と別れるつもりはなかった。井上は授業やゼミにも出席せず、友人と起業したWEBサイトを作成する会社の経営にのめり込み、大学の卒業は危ぶまれていた。早紀の父親の協力が得られなければ留年は確実となり、自分の父親から勘当されることを恐れていた。

それらの情報を一気に喋《しゃべ》った戸川は、井上の報復を恐れ、自ら身柄拘束を願い出たと言い、警視庁から警察官一人が自宅に張り付くことになった。

『井上の父親は医大教授だけれど、元々品川辺りの土地持ちらしく、長男の井上が跡取りなんだけど、弟の方が優秀らしくて……』

先刻の吾妻が言ったことが本当ならば、別れ話に激昂《げっこう》して殺してしまったということもあり得る。

だが、山辺と須藤、そして美央に対する殺意の動機は……？

それらは戸川の証言からの推測であり、真相はまだ闇の中だ。

一度消した枕元のスタンドを再び点《つ》け、スマホを取り出し、メモをする。

・早紀を殺害したのは誰か。山辺、井上？

・山辺を自殺に見せかけ小麦粉を食べさせ、扼殺《やくさつ》したのは誰か。

・須藤早苗を殺害したのは誰か。

・美央を転落死させようとしたのは誰か。
・その誰かは、どうやって事件現場から姿を消すことができたのか。
・それらの「誰か」に一番近い井上は、二週間前に帰国。
・井上であれば、犯行時のアリバイ調べと動機の解明。それらの証拠。

たった一つの麦の穂の絵から始まった、職務外の捜査。

時間も体も使ったが、今までの努力が少しは事件の真相に近付いているのだろうか。考えれば考えるほど、バラバラな事実の欠片《かけら》は一向に形を作ってはくれない……。

寝付かれずに何度も寝返りを打ったが、いつの間にか寝てしまったらしい。

メールの着信音で目が覚めたのは、明け方近くの6時前だった。

寝ぼけ眼でスマホを開くと、多摩北署の平田刑事からのメールだった。

平田も徹夜の捜査にあたっていたのか。


《須藤早苗の解剖結果、胃の中から多量のアルコール成分が検出されました。殺害された時点では相当酔いが回っていたと思われます。尚《なお》、最後の通話履歴は殺害された30分前で、公衆電話からの着信でした。その公衆電話は、殺害現場の公園の近くにあるボックスでしたが、それ以前のものは解析中です。また、須藤は自己破産していて、カードは使えない状態でした。キャッシュでしか支払うことができなかったわけです。

追伸　年始の合コン、決まり次第連絡します》

〈公私混同、だっつうの！〉

だが、疲れた頭の芯《しん》が少し緩み、真帆はスマホを放って枕に顔を埋《うず》めた。

殺意 Ⅵ

その指輪は、長い間開けていなかった収納ボックスの底で眠っていた。

そのボックスには、介護施設を辞めた時に持ち帰った私物の他に、あの老婆から譲り受けた日用品などが入っていた。

それらは、老婆の甥《おい》という男が施設に処分を依頼した身の回り品で、施設長はそれらの処分を女に任せ、まだ使用できる飾り物や日用品などは持ち帰っても良いとのことだった。女は一時も早く施設を離れてしまいたかったので、断る面倒を避け、ひとつひとつを確かめることもなく段ボールに放り込み、自転車の後部座席に括《くく》り付けた。

すぐに処分しようと思いながら、長い時間が過ぎてしまった。

あれから何年経ったのだろう。

女はそれらの品々が放つ微《かす》かな匂いに気付いた。

それは紛れもなく、女が過ごした日々の匂いだ。

文庫本や画集、模造品らしい大げさなパールのネックレス、羽根の付いた扇……そして、丸められたポスターが数枚。

そのほとんどは老婆が出演した芝居のポスターだったが、その中に女もどこかで目にしたことのある絵画があった。

退廃的な女の肢体。それに反して挑戦的な目付き。

若い頃の老婆の写真に、似たような目付きを見たことがあったような気がした。

少しの間、その絵に見入り、他の物は捨てようと思った時、その指輪を見つけたのだった。

指輪は、編み掛けの毛糸の帽子の中に絡まっていた。

それほどの大きさではないが、透き通った緑色の石を、小粒のダイヤが囲んでいた。

女はその指輪をようやく思い出した。

『ナッコ、これあげる。皆《み》んなには内緒ね』

その時、老婆はいつになく機嫌が良く、意味ありげな笑みを浮かべて枕の下から取り出した小箱を差し出した。

小箱の中には、緑色に光る指輪が入っていた。

老婆は枕の下に、いつの間にか色々な物を忍ばせていた。

おやつの残りのクッキーやせんべい、海苔《のり》、ハンドタオル、小銭……そして、芝居の台本。

深夜、部屋の中を不自由な足を引き摺《ず》りながら彷徨《さまよ》っている証拠だった。

貰《もら》った時は、他の物と同じようなイミテーションだと思った。

光って見えても、中はただの鉄屑《てつくず》。もしくはプラスティックかも知れない。

第一、その指輪は女に全く似合わなかった。

他には目ぼしい物はなく、甥に宛てた遺品リストに書かれていて実際にはなかった物というのは、おそらくこの指輪だろうと思った。

あの時、女は本当に刑事の言葉の意味は分からなかったのだ。

遺品リストを作った頃は、老婆の脳は健全だったに違いない。

もしかしたら、自分が思っているより高価な物かも知れないと思った。

無論、売り払うことに躊躇《ちゅうちょ》はなかった。

娘が通う進学塾の、高額な授業料の納期が迫っていた。

他にも、今月末に引き落とされる幾つかのローンもあった。

女が金に困っていたことを、近所の住民たちは決して想像できないだろう。

郊外の大きな戸建てに住み、週末だけ都心のマンションから帰る夫はオープンカーを乗り回し、女に似て器量良しという評判の一人娘は、私立の小学校に通っている。

女は保険の外交員として十年以上働いてきたが、成績は常に上位で、今までに金に困ることはなかった。

だが、夫の薄給では暮らしが成り立たず、家のローンや生活費の殆《ほとん》どは女の稼ぎで賄っていた。

先月の営業は、契約寸前で客に逃げられた。久々に営業成績がトップになるはずだった。あれさえ順調に契約が成立していたら、何も問題はなく、慌てて指輪を売らなくても済んだのだ。

ネットで検索すると、かなり高額なエメラルドの指輪と似ていて、女はすぐに小さな買取りサロンに持ち込んだ。

だが、その指輪は、期待していたほど高くは売れなかった。

女は宝石の価値には詳しくはないが、売り急いでいることが顔に出ていて、足元を見られたのだと思った。

確かに、小粒のダイヤは本物だったが、肝心のエメラルドは、その光の割にはグレードの低い二流品だと鑑定された。

もちろんネットに出ていた物よりずっと低い査定だったが、それでも女は帯の付いた札束を二つ手にすることができた。

その札束が口座の数字に変わった途端、何故かあの指輪が惜しくなった。

だが、それは一時の迷いで終わり、女はまた穏やかな日常に戻ることができた。

それから、もう二年以上が経つ。

自分は今までうまくやって来たはず……。

人生には幾つかの落とし穴がある。だが、女はそれらをうまく飛び越えてきた。

……はずだった。

庭の百日紅《さるすべり》に目を向け、男は花の名前を尋ねた。

「本当は庭に植える木としては縁起が悪いらしいんですが、私は好きなんです」

女は、ハーブティーの入ったカップを男の前に差し出しながら軽く笑った。

その女の顔を見上げ、男の目が一瞬だけ鋭くなった。

「奥さんは、本当に面白い人だ」

その不思議な物言いに、女は笑みを消した。

もちろん、女はその刑事の顔を覚えていた。

最後に会ってから、もう十年以上が過ぎていた。

目を合わせた時は、驚きより懐かしさを感じてしまった。

訪ねてきた理由はまだ聞いていないが、玄関先で追い返しても、この刑事はまたやってくるに違いないと思った。

「門前払いを覚悟で来ました。奥さんはずいぶん変わられましたね」

「歳を取りましたもの……刑事さんはあまり変わりませんね、まだ西新宿の警察署に？」

話の流れで言ったものの、この刑事はだいぶ老けたと感じた。

「いいえ、今は足立区の警察署にいます……奥さんが変わられたと言ったのは、そういう意味ではなく」

「柔らかくなった、とでも？」

すると、男は頰を緩めて、二回頷《うなず》いた。

このまま話がどこかに逸《そ》れなければ、真夏の昼下りに訪問してきた証券マンと主婦との会話のようだと、女は思った。

「娘さんも中学生になられたんですよね。本当に、あっという間ですね。今のご主人は大学の准教授とお聞きしましたが」

「ええ。お陰さまで娘のことも大事にしてくれています……」

久しぶりに頭の芯《しん》が緩み、百日紅は、今の夫との思い出の花だと口を滑らせたのが拙《まず》かった。

男は、再び庭のピンクの花の木を見遣《みや》った。

「うまくいきましたよね」と、突然男は言った。「というか、あなたは、いつも危うい橋を上手に渡り続ける運命なのかな」

『奥さん』が、『あなた』に変わっていた。

男は、そのことに気付いてはいないようだ。

女は、不意に笑う。昔、一緒に暮らした男も『君』から『おまえ』にすぐに変わったな、と。

呼び方一つで、他人の距離は遠くになったり近くになったりするものだと、女は今更思う。

「初めてあなたと会った時はびっくりしました。あまりに強い心を持った人だなと」

そんな風に見ていたのかと、女は当時を思い返す。

「強くなんか……ただ、あの取り調べは不当だったと今でも思っています」

「ええ。今更私があなたを逮捕できるとは思っていません。ただ……」

百日紅から女に目を戻して、男は顔を引き締めた。

「僕は今日、大切なある事を確かめに来たんです」

「大切なある事……？」

「あなたが専属で介護していた元女優のお婆さん、覚えてらっしゃいますよね」

予感が当たった。

女は柔らかく頷いた。

「十二年前、その婦人が亡くなった後にもお尋ねしましたが、あなたは何も答えてくれませんでしたね」

「覚えていません、そんな昔の事。確かに、専属でお世話をさせて頂きましたが、それが何だと仰《おっしゃ》るんですか」

女は余裕の笑みを浮かべた。だが、頭の中に緑色の光が蘇《よみがえ》った。

「あの時もお聞きしたと思いますが、あのヨシカワセツコさんという婦人は、亡くなる前に、たった一人の相続人である甥《おい》に遺品リストを残していたそうなんですが……」

十二年前、確かに刑事は同じことを言った。

だが、今更それが何だと言うのだ。

「あなたは、あの婦人から遺品の何点かを譲り受けたと施設長の方から聞きました。その中に、遺品リストに書いてあった高価な物があったはずなんです」

「そんなこと言われても……そんな物には気付きませんでした。金メッキのお土産品や洋服などを頂いた覚えがありますが、まさか、これでは……」

女は、刑事の近くの壁に飾られた絵画を指した。

「これも、あの婦人の遺品ですか？　本物ですか」

「あの方は、絵画がお好きだったようで、施設長から何点か頂いても良いと許可を頂きましたが、それは全部ただのポスターかリトグラフですよ」

こんな物、売ったとしても何千円にもなりはしない。

それこそ、女にとってはただの鉄屑《てつくず》と変わらない。

ただ、せっかく額装してあるので、殺風景な壁のインテリアとして飾っただけだ。

「他の物は、だいぶ前に処分しました。その、高価な物って何ですか？」

こちらから聞いた方が自然だ。答えは分かっていたが。

「エメラルドの指輪です。10カラットの石の周りを、4カラットのダイヤが囲んでいる物です」そう言って、刑事は一枚の写真を取り出した。

頬に手を当て、カメラ目線でポーズを取る女。

若い頃の、女優のブロマイドだ。

「この指輪のことですか？　私には見覚えがありません。第一、そんなに高価な物だったら、施設で預かっていたか、貸金庫に保管するんじゃないですか？　私が管理していたのは日用品や、昔の思い出だという人形や雑貨ですよ」

「先に申し上げておきます。仮に誰かが、その指輪を横領し売り捌《さば》いたとしたら、業務上横領罪か単純横領罪というれっきとした犯罪になります」

女は刑事と視線を合わせた。

「その誰かは、指輪の価値も知らずに譲り受けたとしたら、横領したとは言えないじゃないですか？」

「誰かがまだそれを保管していたなら、相続人に返せば何の問題もありません。譲られたのか、盗まれたのかは、証拠がありませんから誰にも分かりません」

女はカップを手に取った。

すっかり冷めていたが、ハーブティーの味はいつも通りだ。

「どちらにしても、何故今頃になって、そんなことを……」

口にした液体が、喉元《のどもと》まで逆流するような気がした。

「そうなんです。僕もその相続人の甥もとうに諦《あきら》めていたんです。ところが、その指輪が最近になって、ネットオークションに出品されていたことが分かったんです」

「じゃあ、その指輪はヨシカワさんの甥御さんに返されたんですか？」

「ええ。当時から盗難届は出されていましたが、出品者の宝石商の手元に渡るまでに数軒の質商や個人の手を転々としたようです」

女は、あの買取り専門店の薄暗い店内を思い出した。

あの時、大手の有名店は敢《あ》えて避け、街場の小さな店舗を探した。

値踏みは目の前でされるのかと思ったが、クリアボードの向こうの男は、奥にいる初老の男に指輪を渡して「少々お待ちください」と言い、パソコンを操作し始めた。

盗難届が出されていれば、その場で通報されるかもしれないと思った。

「こちらも買取りをご希望ですね？」

パソコンを閉じ、女が指輪と一緒にデスクに広げた、見るからに安価なアクセサリー類を指した。

それらも、あの老婆の遺品だった。無論、金になるとは思っていなかった。

エメラルドの指輪に盗難届が出されていた場合、それを知らずに老婆の遺品全てを処分したかった、と言い訳ができると考えた。

思った通り、それらの殆《ほとん》どはシルバーや金メッキ製の物であり、数千円にもならなかった。

そして、時間をかけて査定されたエメラルドの指輪は、ビロード製のジュエリートレイに載せられ女の前に戻された。

「買取りをご希望でしたら、こちらの金額になります」

「その指輪は婦人の意思で誰かに譲ったのか、婦人が知らない間に盗まれたものかは、いる。

女は、男の背後にあるキャビネットの上の時計に目を向けた。娘の帰宅時間が迫っている。

「その甥御さんに戻られたなら、良かったじゃないですか」

改めて女は思う。この刑事は一体……。

顔にそう出てしまっていたのか、刑事は少し唇の端を引き上げて言った。

「私が知りたいことは、実は指輪のことだけではないんです」

遠くで、玄関の鍵《かぎ》が開く音がした。

「すみません、娘が帰って来たようなので」

女が腰を浮かせた瞬間、刑事は、鋭く、低い声を放った。

「あなた、どうしてヨシカワセツコさんを殺したんですか。まさかあの指輪のためではないでしょう？」

女の足が止まる。

「あなたは、内縁の夫を殺した時と同じ薬を使ったと僕は思っているんです。ただ、肝心の動機がいまひとつ分からないんです」

「そんな戯言《たわごと》を言いにわざわざいらしたんですか。私はてっきり昔の非礼を詫《わ》びに来てくださったのかと思っていました」

女は、リビングのドアを開けた。

階段を駆け上がる娘の足が見えた。〈今日も口を利かないつもりだろうか……〉

「娘さんですか……分かりました。今日は帰ります」

「二度と来ないでください。主人が知ったら名誉毀損《きそん》で訴えますよ」

刑事は黙って靴を履いて、もう一度女の顔を見た。

「僕は刑事です。諦めるわけにはいかないんですよ」

刑事の姿がドアの外に消えるまで、女は両足に力を入れてようやく立っていた。

気配を感じ、中二階の踊り場を見上げると、女をじっと見下ろしている娘の姿が目に入った。

刑事Ⅶ

「この道路、制限速度は60キロだよ」

有沢の車は、車線変更を繰り返しながらかなりのスピードで走っていた。メーターはすでに80キロに届きつつある。

サイレンは鳴らしていないが、ルーフに赤色灯を載せているせいか、周囲の車が減速して道を譲ってくる。

翌朝の捜査会議で、井上博己を重要参考人として事情聴取をする許可が下りた。

南板橋署で解析していた安斎美央のスマホの着信履歴にも、戸川が井上に貸していたと言う番号があった。しかも、それには美央が転落する直前まで通話していた記録があった。

一課のベテラン刑事たちに、井上確保が割り当てられたが、異を唱えたのは有沢だった。『元は七係の椎名巡査が再捜査を願い出たのが切っ掛けです。井上確保と事情聴取は椎名巡査が適任だと思います』

「別に私たちじゃなくても良かったんじゃない？　井上は小柄だけど一応男子だし、抵抗されて逃げられる可能性もあるよ」

「大丈夫です。管理官がどうして許してくれたと思います？」

車は少し減速し、信号待ちの車列に並んだ。

チッ……高速乗るんだったたな、と有沢は小さく呟《つぶや》いた。ここも敢えて聞こえないフリをする。

「あの管理官、警察庁から来てるから、私の経歴に詳しいんだと思います」

へえ……、とだけ答える。

「私、これでも柔道三段、射撃も特Aクラスなんです」

そう言うと、有沢は左手で上着を捲《まく》り、内ポケットの膨らみを見せた。

「SIG P230の携帯を許可してもらいました」

オートマチックの小型拳銃《けんじゅう》だ。緊急捜査でも、射撃の上級クラスの警察官にしか携帯は許されない。

ほう……、とだけ答える。

こんなにも生き生きとしている有沢を見るのは初めてだ。鬱《うつ》気味で休職するほどデリケートな人間だったのではなかったか。

有沢は自分などよりずっと現場の刑事に向いているのかも知れない。

「井上はもう感付いているかも知れません。戸川が密《ひそ》かに連絡をしている可能性もありますからね」

それはない、と真帆は思っていた。

戸川は、警察の目を井上に向けさせることが目的だったのだろう。自分の交際相手の美央は、実は井上が本命だったことへの恨み。そして、井上に何らかの弱みを握られているため美央に手下のように使われていたことへの恨み。

「まだ、あの電話を持っていたら、だけどね」

戸川に一時的に借りたが、今は持っていないと言われれば他に証拠はないのだ。

その時、真帆のスマホの着信音が鳴り、車内に吾妻の声が響いた。

『安斎美央をカラオケ店から転落させたヤツが、どうやって現場から消えたかっていう謎が解けたよ』

得意そうな吾妻の顔が想像できた。


そこは、佃《つくだ》のタワーマンションの二十五階の部屋だった。

一階のコンシェルジュを通して面会を申し出ると、井上はあっさりとドアを開けた。

その小柄な男は、写真で見た時よりは少し華やかに見えた。

森田早紀の事件のことで聞きたい事があると伝えたが、井上の顔色は変わらなかった。

部屋は、住居というより、洒落《しゃれ》たオフィスのような雰囲気で、井上の他にも二人の若い男がいて、パソコンで作業をしていた。

井上は、学業の傍らWEBのサイト作成の会社を運営しているということを思い出した。

二十畳ほどのワンルームの隅にある、面談用の小さなテーブルセットに案内された。

「お忙しいところ申し訳ありません。二週間前にロンドンから帰国されたということですが、留学されていたのではなかったのですか？」

有沢がやんわりと尋ねる。

最近の有沢は、物言いのバリエーションが多くなったものだと真帆は感じる。元々そういう人物で、単に真帆が距離を近付けて気付いただけかも知れなかったが。

「ちょっと仕事の方に問題が出たので一時帰国したんですよ。すぐに戻りますが」

「お仕事は順調そうですね。すごいですね、学業と仕事を両立させてるなんて」

真帆は本心から言った。

「いや、お恥ずかしい話ですが、つい先日まで業績はあまり芳しくなくて、親父に借金をして助けてもらいました。負債が膨らんでしまいましてね。こういう仕事では良くあることです。でも、ご覧の通り、またすぐに軌道に乗せられそうですよ」

クライアントはほとんどが個人事業主で、店舗を持たない小売店や、手芸や陶芸作家といったアーティストのホームページの作成、販路拡張への助言などのサービスを行う会社だと説明された。

井上はまだ二十三歳の現役学生だ。トップクラスの国立大を受験したが失敗。一浪してK大学に入学したと捜査資料にあった。

最近では、現役の学生が同じようなジャンルの会社を起業したり、個人の学習塾などをSNSで開業したりする話を耳にする。

「どうでもいい話はやめましょうよ。お互いに面倒臭いだけじゃないですか」

井上は濃紺のフレームの眼鏡の奥の目を更に細めた。

「生産的じゃない話は時間の無駄です。刑事さんたちも、そういう勉強をしてきた人たちでしょう？」

でも、お役に立てる話は持ち合わせてはいませんけどね、と井上は少し胸を反らせた。

やり手の青年実業家としての自信の表れだろうか。それとも……。

「では、本題に入らせていただきます」

有沢が場の空気を一瞬で変えた。

「昨年のクリスマスイブに殺害された森田早紀さんのことはもちろんご存じですね？」

「ええ。あの事件のひと月前くらいまで付き合っていましたからね」

「別れた原因は、あなたの二股《ふたまた》交際と聞きましたが」

相手に考える隙《ひま》を与えないためか、間は置かないで有沢の質問は続く。

だが、相手も怯むことなく、即答する。

「ええ。早紀はそう思っていたようですが、誤解です」

「相手は安斎美央さんですね？」

「あ、そっちですか。美央は単なる飲み友達ですよ。もっとも相手がどう思っていたかは分かりませんが」

質問が始まってから、初めて、井上は真帆に目を向けた。

「こんなこと言うと女性には嫌われてしまいそうですけど、僕、付き合っている子はもっといますよ。その場限りの子もいますし、高校時代からの腐れ縁も含めたら、十人くらいですかね」

「でも、安斎美央さんは早紀さんのことをだいぶ意識していたんじゃないですか？　教授の娘さんですし、あなたにとって特別な彼女だったと聞いています」

真帆が話を戻した。井上は美央の話から逸《そ》らそうとしているように見えた。

「美央がどう思っていたか知りませんけど、早紀がストーカーに殺されてからは本命の彼女になったようなことを周りに言ってたみたいですけどね……迷惑してたんですよ、実際」

「そのストーカーだった山辺さんの話ですが」

「……さん？　殺人者を、さん付けですか？」井上は皮肉っぽい笑みを浮かべて真帆を見た。

「ええ。山辺さんは早紀さんを殺した犯人ではありません」

毅然《きぜん》と言い放つ有沢に続き、真帆も大きく頷《うなず》いた。

「早紀の遺体から検出されたＤＮＡは山辺の物だったと聞いてますが、他に何か覆す証拠でも出たんですか？」

それが手に入れば、事件はもっと早く解決できたはずだ。そんな物は今は無い。

「まだ捜査上の秘密です。いずれお話しできると思います」

きっぱりと言う有沢の態度に気圧《けお》されたのか、井上の顔に動揺が走った。

「ところで、その山辺さんの逃亡に安斎美央さんが関わっていたことはご存じでしたか？」

「知りません。そうなんですか？」

「帰国されてから、美央さんにお会いしましたか？」

「いや、会ってません。事故に遭って入院しているらしいという噂は耳にしましたけど」

真帆は一瞬だけ有沢と目を合わせた。

「まだ事故か事件か不明です」

「へえ……そうなんだ」

「では、質問を変えます。戸川航さんは、もちろんご存じですよね」

「友人です。戸川がどうかしましたか？」

「あなたは、どうして戸川さんから携帯電話を借りなければならなかったんですか？」

少し間があったが、井上はニヤリと笑った。

「ちょっと厄介なところと取引しちゃって、先日まで休眠していたんですよ、会社」

「闇金ですか」

「質問を戻します。あなたは山辺さんが潜伏していた都心のホテルの支払いをしていたのではないですか？」

「そんな感じです」

「どうして僕が早紀を殺したストーカーを助けなきゃいけないんですか」

語尾に加わったため息を、有沢がかき消すように強い口調で言った。

「山辺さんの逃走を助けなければならない理由があったからでは？」

質問は一方向ではいけない。相手はすでに返答を準備しているからだ。

それを攪乱《かくらん》するには、質問の内容を次々と変えることだと、警察学校で教わった。

答える側の思考の流れを素早く変えることで、相手の混乱を招くことができる。

老年の相手にはあまり通用しないが、負けず嫌いな若者には結構通用することがある。

「まるで意味が分かりません。あなたたちは、一体、僕の何が知りたいんですか？」

「全てです。森田早紀、山辺弘樹、須藤早苗の殺害。そして、安斎美央に対する殺人未遂の全てに、井上さん、あなたが関わっていると私たちは思っています」有沢が淀《よど》みなく言う声を、真帆は感心しながら聞いていた。〈さすがキャリア……どこが人見知り？〉

「言いがかりも甚だしいですね。いいでしょう、弁護士を立てますから、次回からはそこを通してください」

言い終えた時には、すでに席を立ち、井上はパーティションの向こうに消えた。

「何の話すか？」「何でもないよ、マジで警察ってめんどくせぇ」「結構可愛いじゃないすか」「可愛くなんかねえよ。おまえ合コンに誘ったらいいじゃん。刑事だけど」

井上と他の男たちとの囁《ささや》き声が耳に入る。

「井上さん、もう一つだけお聞きします」真帆はパーティションの向こうに声をかけた。

再び顔を出す井上に目を合わせた。

「安斎美央さんの事故の件、まだ公表されてませんけど、どこで知ったんですか？」

井上の目が小さく泳いだ。

「え……どこだったかな、確かネットかなんかで」

「ネットにもまだ漏れてはいません。今はまだ単なる事故とされていますから」

「あ、じゃ、僕の勘違いですかね。いや、美央は酔うと良く階段から落ちたりするから」

「階段から落ちたと、私言いましたっけ？」

有沢が小首を傾げて、真帆と目を合わせた。

「だから、関係ないって……これって任意だよな？　どうせ逮捕状なんかないんだろ！弁護士に電話するから、ちょっと待てよ！」

二十五階からのエレベーターの中では、同乗した住人の手前もあってか、大人しく従っていた井上だったが、マンションのエントランスを出た途端、急に抵抗を始めた。

男性の警察官に応援を頼むべきかと真帆は思ったが、小柄な井上より遥《はる》かに身長が高く、柔道三段の有沢は心強く、実際、井上の体の自由を奪っている。

井上を引き摺《ず》りながら、エントランス前のアプローチに停めた有沢の車に近付いた時だった。

人々のざわめく気配を感じて振り向くと、植え込みの伐採作業をしていた人たちが退く中、一人の女が早足で近付いてくるのが見えた。

その白いコートの首元に揺れている毛足の長いフェイクファーに、真帆は一瞬気を取られた。

そのファーが、真帆の鼻先をすり抜けた瞬間、真帆はようやく我に返り、女と井上の体の間に半身を入れた。

真っ先に悲鳴を上げたのは、井上だった。その後ろで、有沢が目を見開いて固まっていた。何が起きたか分からなかったが、背後の誰かの体が離れたのが分かり振り向くと、蒼白《そうはく》になった見知った女の顔があった。次に、有沢が真帆を指して悲鳴を上げた。

「何をきゃあきゃあ騒いでんのよ、少しは静かに……」

——と、ダウンコートの腰の辺りに、何かが光った。

その光は、真帆の左手のすぐ脇に真っ直ぐに刺さっていたが、やがて地面にコロンと音を立てて落ちた。それは赤いものでぬらぬらと光っていて、また誰かの悲鳴が聞こえた。真帆は、立ち尽くす女に近寄ろうとしたが、何故か、足が思ったほど進まなかった。

井上と有沢がまた叫び声を上げるのを遠くで聞きながら、真帆はぼんやりと考えた。

どこかで見たことがあると思った森田章子の目は、母の悠子が自分を庇《かば》うために犯人に向かって行った時の目と同じ色だったのかも……。

〈……それにしても、こう言う時のためにアレを持ってきたんじゃないのか？〉

次第に薄れていく意識の中で、有沢がカッコ良くSIG P230を構える姿を想像していた。

吾妻の顔は、どうしてこんなに黒子《ほくろ》が多いんだろう。

いつだったか忘れてしまったけれど、終業後にデートに行くという吾妻にファンデーションを貸してあげたことがあったっけ。

もうすぐ心臓が止まってしまうなら、黒子も魅力の一つだよと言ってやろうか。

「何、しみじみしてんだよ、これ飲んだら送ってやるから、早く飲めよ」

ん……？

真帆は、渡された缶コーヒーを見て、もう一度隣に座る吾妻を見た。

「ここって……」

真帆と吾妻が座る合皮のソファは、狭い通路の三分の一を占めている。

少し迷惑そうな顔をした看護師たちが、点滴などの機器類を運びながら通り過ぎて行き、目の前のブースがナースステーションだということが分かる。

「ったく、この忙しい時に何やってんだって話だよ」

「私、どうしたんだっけ？　あ、アイツは？」

「今頃は本庁の取調室だろう。アイツは有沢さんに任せておいて大丈夫。すぐにゲロするよ」

あれ、確か……。

左手を見ると、掌《てのひら》に包帯が巻かれている。反射的に、左脇腹を押さえた。

「大丈夫だよ。ポケットの中に何もなかったら、まともに脇腹に刺さっていたかもな」

吾妻がため息混じりに笑った。「でも、おまえ、変なもん持って歩いてるんだな」

あ……と、真帆は上着の左ポケットを上からなぞった。

四角く硬い物が手に触れる。

何日も温められることもなく、本来の仕事ができなかったオイル式カイロだった。

井上が、美央を転落させた決定的証拠を摑《つか》んだのは、偶然ではなかった。

「俺って天才かもよ。ピンときたんだよ。うちの母さんが胃痙攣《いけいれん》で救急車を呼んだ時、一緒に付き添ってくれって言われて救急車に乗ったことがあるんだ……」

そのときのことを思い出した吾妻は、もう一度、あの映像を確認してみた。

「あの向かい側のカメラからは救急車両やパトカーの陰になっていて、野次馬たちにも気付かれないように身を屈《かが》めて二階から降りれば、映らなくて済む。ヤツがカメラの存在を知っていたのかは分からないけど、その後、逃げる姿も映ってない。だから、もしかしたらと思って美央が搬送された時の救急隊員に聞き込みして、美央に付き添った者がいたかどうか聞いたんだ」

「救急車に乗ってたのか……」

「病院に着いて、隊員たちがストレッチャーを下ろしている間に、どさくさに紛れて姿を消したってわけよ」

「なるほど……でも、それが井上本人だっていう証拠は？」

「戸川との司法取引の許可を取った。山辺に対する犯人蔵匿罪をチャラにする代わりに、スマホで撮影した井上の動画を提供させたんだ。今、鑑識で顔認証と歩容認証で調べてる。おまえがかすり傷くらいで失神している間も、捜査は進んでいるんだぜ」

「すごい！　君、冴《さ》えてるね、ここんとこ」

「俺を誰だと……まあ、まずは、殺人未遂から片付けて、早紀殺害まで遡《さかのぼ》るのが順当だな」

　吾妻の偉そうな口ぶりが少し、いや、だいぶ気になったが、今日のところは聞き流そうと、真帆は思った。

　絡まった複雑な糸が、ようやく解《ほど》けつつあった。

殺意の在処

この部屋が、いわゆる取調室と言われるものなのだろうと、女が辺りを見回した。

白い壁にはもちろん絵画などは飾られてはおらず、机も椅子もスチール製の硬くて冷たいものだ。女が座る左側の壁にマジックミラーがあり、おそらく向こう側では捜査員が監視しているに違いなかった。

あの、二十年前に取り調べを受けた西新宿署の部屋は、一体何のための部屋だったのだろうと今更思う。

あれは、あの小磯刑事が独断で強行した事情聴取だったからか……。

あの時のように、女は、何の物語も作り終えてはいなかった。

守る者がいないということは、ある意味とても楽なことなのだと女は最近知った。

体全体を締め上げるような、孤独という苦痛にさえ耐えることができるなら。

大丈夫。自分は今まで上手《うま》くやってきた。

これからも、きっと。

女が居直るように姿勢を正した時、ドアの外から二人の刑事が現れた。

一人はすっかり顔を覚えてしまった小柄な女刑事だ。

一礼をして、女の前の椅子に腰を下ろした。

もう一人は良く覚えてはいなかったが、おそらくあの時に井上の腕を抱えて連行しようとしていた、もう一人の刑事だろうと思った。その刑事が部屋の隅の小机に着き、携えていたパソコンを起動させる。

「珈琲《コーヒー》をお持ちしましょうか」小柄な刑事が言った。

女はゆっくりと首を左右に振った。

「じゃあ、ハーブティーにしますか」

女は再び首を振った。他人が淹《い》れた茶を飲むのは苦手だ。

刑事は頷《うなず》くと、改めて座り直し、身分証を提示した。

「先日、名刺をお渡ししたと思いますが、この事件の捜査を担当する椎名です」

女は、机の上で組まれた刑事の手に視線を下ろした。

左の掌に、包帯が巻かれている。

思わず視線を逸《そ》らすと、刑事は、「かすり傷で良かったです。あなたのためにも」と、静かな声で言った。女は頷いた。自分のためではなく、目の前にいる若い女刑事のために。

「今日の事情聴取は、かなり長くなると思いますから、疲れたら仰《おっしゃ》ってください」

女はまた頷く。

「最初にお聞きします」刑事の声が少し変わった。

「あなたに、早紀さんを殺害したのは井上だということを伝えたのは誰だと思いますか？」

数日前、女が新聞を取りに玄関ポーチのポストの蓋《ふた》を開けると、見慣れない封書があり、中の白い紙にワードで打たれたような文字があった。

《早紀を殺したのは山辺弘樹ではない。真犯人は井上博己。来週にはまたロンドンに渡る。チャンスは今週だけ》

「これは、あなたのバッグに入っていたその手紙です。今、ある人物のパソコンを押収して解析をしているところです」

「山辺の姉ですか？」あの暗い目を思い出す。

「それは違います。戸川航という井上の友人です。井上に恨みを持っていて、あなたが井上の前に現れたら面白いことになると思ったらしいです。未必の故意というものを楽しみたかったのかもしれません。そう言う頭の悪いヤツです」

ため息を一つ吐いて、刑事は顔を上げて言った。

「山辺弘樹は、早紀さんを殺してはいません」

刑事は、隅の小机にいる刑事に目を向けると、その刑事が立ち上がってタブレットを机の上に置いた。

目の前の刑事が言った。

「井上博己の供述調書を要約したものです。読んでみてください」

女は少し躊躇《ちゅうちょ》した。

「お辛《つら》いとは思いますが、これが真実です」

刑事は、あの小磯という刑事が最後に言った言葉と同じことを言った。

《井上博己の供述より・森田早紀殺害について》

森田早紀との交際は、お互いの打算から始まりました。

どちらも本当に惹《ひ》かれ合ったわけではなかったのです。

早紀に初めて会った合コンは、女子の人数合わせのために、森田教授に早紀を呼んで欲しいと頼みましたが、その頃、私には安斎美央も含めて数人の交際相手がいましたから、それ以上の彼女は必要なかったのです。

ただ、早紀は少なからず私に関心を持ったようでした。もっとも、その関心は私自身にというより、私が一人暮らしをしている部屋に、というのが正しいかもしれません。

早紀は、実家ではない居場所が欲しかったんだと思います。

早紀は中学時代に知った母親の秘密や、継父に愛人がいることなどから、両親のことは快く思っておらず、週末は私の家で過ごすことが多かったです。

私は森田教授に、彼の授業はもちろん、他の科目の教授にも水増し評価の根回しをして欲しかったので、そのためにも、早紀との交際は必要だと考えていました。

早紀は殺されたわけではありません。あれは、事故です。

あの日のひと月前に関係を終わらせていたのは本当です。

理由は私の女関係です。好きでもない男が他の女と付き合うことにどうして嫉妬《しっと》するのか分かりませんでしたが、その頃は、大学など中退しても事業で成功すれば父親もきっと私を認めてくれると思っていたので、揉《も》めることなどなく承知しました。

あの夜は、早紀から久しぶりに連絡があったのです。

未練が出たのかと思い、少しなら付き合ってやろうと、誘いに応じました。

ドライブがしたいという早紀と、奥多摩まで行きました。

正直、面倒臭かったです。サイト制作のクライアントと揉めていた時期でもあり、ドライブどころではなかったのですが、早紀は強引なところがあり、機嫌を損ねると始末が悪いので仕方なく付き合いました。

秋川渓谷の見晴台で休憩していた時でした。突然、早紀は、今まで私が撮った写真や動画を消去するよう言い出しました。私はリベンジポルノをするような男ではありません。そんな物をネットに流出させても、私には何の得にもなりません。

誰かの入れ知恵だと思いました。途端に、頭がカッと熱くなりました。

他に男ができたに違いないと思いました。

不思議なもので、一度は手放して未練も残っていなかったはずなのに、誰かに取られたと思った途端、強烈な嫉妬心が湧いたのです。

思わず早紀の首に手をかけ、バカにするなと叫びました。激昂《げっこう》する私の腹を蹴り、早紀が助手席から飛び出した時、近くでバイクが停まる音がしました。

山辺弘樹でした。山辺はずっと私たちの車をつけてきたのです。

彼のことはかつてのバイト仲間だと早紀から聞いていましたが、驚くことに、早紀は山辺に駆け寄り、こう叫んだのです。「助けて！　殺される！」と。

私は今まで感じたことのない激しい怒りを覚え、二人に摑《つか》みかかりました。

山辺から早紀を引き剝《は》がそうとして腕を引いた瞬間でした。

まさか、早紀の足元の土が崩れるとは思ってはいませんでした。

バランスを崩した早紀は足から崖下《がけした》に滑り落ちそうになり、山辺ももう片方の手を摑んで二人で引き上げようとしました。でも、自分たちの足元の土も崩れ始め、私は思わず早紀の腕を離してしまいました。そのすぐ後に、山辺も力尽きて手を離してしまいました。

山肌を滑る音と、早紀の悲鳴が聞こえ、すぐに静かになりました。

山辺がストーカーだったというのは、早紀の母親の妄想だと聞いていました。

コンビニで知り合った二人は、兄妹《きょうだい》のような付き合いをしていたと言います。内向的で人付き合いの苦手な山辺に合わせ、できるだけ人目を避けて会っていたようです。早紀は悩み事の相談をしていたらしく、山辺は特に親しい友人もいなかったから、早紀を妹のように思っていたのかもしれません。けれど、早紀の母親は理想とは程遠い山辺との交際に反対だったようで、被害届を出したのも、母親の意見に逆らえなかったのではないかと思います。

バイト先などで親しく関わらなかったのは、母親を刺激したくなかったからだと聞きました。意に沿わない相手は、ただの邪魔者としか考えない母親だと言っていました。母親こそ、子離れしないストーカーそのものだと良く言っていました。

その後、山辺は自分が早紀を殺してしまったとひどく落ち込み、いずれ、ストーカーとされていた自分に警察の手が及ぶと考え、その前に自首をすると言い出しました。そんなことをされれば、当然、私の関与も知れてしまうことを恐れ、この現場に私がいたことを口外しなければ、山辺の過失も見逃し、逃走の手伝いをすることを約束しました。

最初は渋っていた山辺ですが、言う通りにしなければ姉の身に何か起こるかもしれないと脅すと、素直に言う事を聞くようになりました。それでも、ホテルのスイートルームでゲーム三昧《ざんまい》の日々は、それなりに楽しかったに違いありません。

逃走の手伝いは、安斎美央と戸川にさせました。私はホテルの宿泊代を支払い、美央の機嫌を取るのが役割でした。美央は私の本命の彼女になったつもりだったんだと思います。次第に態度が鬱陶《うっとう》しくなり、いつかは消えてもらおうと思っていました。

戸川は以前、親に言えない多額の借金を抱えていた時に、私が助けてやったことがあり、嫌とは言えない立場にありました。けれど、戸川は油断のならない軽薄な人間ですから、いつか私を裏切るだろうと思っていました。

山辺は今でもどんな性格の人間だったのか、私には理解できません。

できれば、山辺には自殺をして欲しいとずっと思っていましたが、日が経つにつれていつかは社会復帰をしたいなどと言っていると美央から聞き、早く死んでもらわねばと思いました。

美央から、山辺は小麦アレルギーだと聞いていたので、いつかその事を利用できたらと考えていました。

山辺を美央のホテルに移させ、実行することにしました。あのホテルは客室の廊下に監視カメラがないことと、美央が山辺を監視するのに好都合だったからです。

まさか、あの須藤という主任が、山辺と美央の関係に気付いているとは思いませんでした。美央が山辺に、蕎麦《そば》粉でわざわざ作ったのだと言ってパンケーキを差し入れた時、山辺はすごく喜んだそうです。もちろん、蕎麦粉ではなく小麦粉で作った物でしたが、生クリームと苺をたくさん盛ったので、山辺は疑うこともなく口にしたそうです。途端に山辺の息遣いが激しくなったと、隣の部屋にいた私に美央から電話が入りました。

私は急いで部屋を飛び出し、床に倒れて苦しむ山辺を引きずり、浴室のドアノブに電気コードを掛け、その輪の中に山辺の首を入れました。

ベッドの上にお握りの入ったコンビニの袋がありましたが、美央が持ち帰りました。

これから自殺する者がお握りなど食べないのではと怪しまれると思ったからです。

まさか、その様子を、あの須藤がドアを薄く開けて動画に撮っていたとは考えもしませんでした。

須藤は単純な女です。動画と引き換えに、五百万円を要求してきました。

あの女を殺すのは簡単でした。

旅行の予約を取ったという須藤から、一緒に飲まないかと連絡がありました。

最初から、あの女が私を見る目付きは気味が悪かったのですが、殺すには絶好のチャンスだと思い、新宿三丁目辺りの飲み屋をハシゴし、タクシーで家の近くまで送り、そその後すぐに、近くの公衆電話から電話をし、公園内に誘い込んだのです。

酔ったので泊めて欲しいと言うと、喜んで飛びついて来ました。

ナイフは護身用にいつも持っています。須藤の血が付着してしまったので、川に捨てました。どこの川だったかは、覚えてはいません。


女は熱心に最後まで読み、音が出るほど深く息を吐いた。

「山辺が、ストーカーではなかった？」

女は驚きもせず、抑揚のない声で呟《つぶや》いた。

「早紀さんが、友人などに言っていた内容やネットの書き込みは、どこまで真実かは分かりません。書かれた言葉自体、実は違うニュアンスのものだったことも考えられます」

フェイクもたくさんありますし……と、刑事はうんざりしたような声で言った。

「井上は、半年近く、山辺を都心のホテルに匿《かくま》って、安斎美央という女性と大学の後輩の戸川に世話をさせていました。いずれ、自殺に見せかけて殺すことを考えていたのだと思います」

「山辺も殺されたんですか？」

女の頭に、山辺の姉の顔が浮かんだ。

「ええ。都心のホテルの後はしばらく安斎美央の部屋に隠れていたようです。流石に井上もホテル代が負担になってきたのだと思います。疲労と罪悪感に苛《さいな》まれた山辺さんは自首を決意しますが、当時安斎美央が勤務していた三鷹のホテルに移動させられ、安斎美央が小麦アレルギーの山辺さんに蕎麦粉のパンケーキだと偽って食べさせ、苦しんでいるところを、隣の部屋に潜んでいた井上が電気コードで縊《い》死させたのです」

刑事は更に言葉を続ける。

「安斎美央と井上の犯行を、実はそのホテルの主任だった須藤早苗という女が……」

刑事の声が遠のいて、代わりに小磯という刑事の声が頭の中に蘇《よみがえ》った。

「あなたは、もう、強くならなくていいんです」

小磯は憐《あわ》れむような顔で女を見た。

また、この刑事か……。

前に会ったのは、娘が中学生の時だから、もう五年前になるのか。

この刑事に会うと、自分の二十年間という時間が、一瞬で目の前に現れる。

娘が帰ってきたのは、事件から何日も経った日曜の午後だった。

リビングに置かれた棺の上には、娘が好きだった真っ赤なアネモネの花束。

目を移すと、壁に架けられたポスターの中から女がじっと見ている。

その目を窓ガラスの向こうの庭先に向ける。

先週、手入れをしたばかりの花のない百日紅《さるすべり》が見える。

棺以外に、ここから見える風景は変わらない。

「犯人は山辺ではありません。僕が必ず証拠を摑みます。ですから、あなたは復讐《ふくしゅう》などという変な気を起こさないでください」

この刑事は何を言っているのか。そんな気力が残っているはずがないではないか。

「いずれ僕は警察を辞めるつもりです。この手であなたを逮捕できないのが悔しいですが、誰かがあなたの罪に気付くように、出来るだけの事は警察に残すつもりです。必ずいつか、別の刑事があなたを追い詰めてくれるはずです」

小磯というその刑事は、更に強い光を目に宿して言った。

「あなたは二人の人間を殺害している。それが真実だ。時効は成立しない！」

「そんなこと、分かってたわよ……」

思わず声に出すと、目の前の刑事がキョトンとした子供っぽい目を向けてくる。

こんな若い刑事が、自分を追い詰めたのか……。

何故か気持ちが和らいで来るのを感じた。

小磯の死は、千香からの電話で知った。

『私のことは恨んでいただいて結構です。でも、弟は無実です』

小磯は女のことを、強い人だと言ったが、山辺の姉の方がずっと強い。

そのことを、あの小磯刑事は分かっていたのか。

生きていたら、聞いてみたかったと、女は思った。

女が手を下さずに犯した昔の事実を、今まで小磯の他に知る者はいたのか。

少し気になるが、もうそれもどうでもいいような気がした。

小磯が、今ここにいたら、一つだけ教えてあげたいことがある。

殺意というのは、その理由にかかわらず、突然天から降ってくるのだと。

「私は、起訴されるのでしょうか」

「それはまだ分かりません。今は井上と私に対する傷害未遂容疑の取り調べです」

「娘と穏やかに暮らしたい、それだけだったんです。だから、井上を殺して自分も死のうと思ったんです。主人とも別れましたし、もうどうでもいいんです」

「どうでも良くないです。あなたにとってどうでも良くても、そのお陰で余分な体力を使ってウロウロしなくちゃいけない人がいっぱいいるんですよ！　一人で生きている人なんてこの世の中にはいないんです！　思い上がりですよ！」

隅にいたもう一人の刑事が椅子を鳴らして立ち上がった。

「分かってる。落ち着くから……」と言う目の前の刑事を無視し、勢い良く両手で机を叩《たた》いた。

「椎名巡査は、もう三日もろくに寝ていないんですよ！　この人から睡眠を奪うことは犯罪に近いんですよ！」

この若い女の刑事たちは、きっと、あの小磯のように真っ直ぐな正義感の持ち主なのだろうと女は考え、不意に零《こぼ》れた涙に気付いた。

あれほど嫌悪していた小磯が現れなくなり、何か大事な物を無くしたような気がしていた。

良心とか、正道とか、そういう世間一般でよく使われる言葉のようなものに近かった。

女は、ずっと以前から考えていたことを、また考えた。

「ママは人殺しなの？」娘は中学生の時に言った。

「あんたは、人を殺してまで幸せになりたかったの？」娘が死ぬ前日に言った。

女は、それに何と答えたのか、もう忘れてしまった。

忘れるほど、自分でも不確かな答えだったに違いない。

ドアが控えめにノックされ、トレイを持った制服姿の警察官が入ってきた。

「少し、休憩しましょう。また絵画の話でもしましょうか」

椎名という刑事はトレイを受け取り、女の前にハーブティーの入ったカップを置き、自分は珈琲《コーヒー》のカップを手に取り、普段の癖のようにフーフーと息を吹きかけた。

何気ない日常の一コマのように、時間はゆっくりと流れて行く。

静かな動作で一口含み、女は少し考える。

「レモングラスをもう少し……そうしたらもっと美味《おい》しくなると思う」

女はそう言い、それでも、柔らかな表情でカップを見つめた。

そして、お茶の話の続きのように、穏やかな声で言った。

「私は、二人の人間を殺したことがあります」

刑事の視線

室内には、いつものようにパソコンのキーを叩く音が響いている。

有沢が淹《い》れた珈琲は、やはり苦くて硬く、真帆はそっとポットの白湯《さゆ》で薄めた。

重丸はついさっきまで机に突っ伏していたが、今は別人のようにテキパキと仕事をこなしている。

先日、娘は第一志望の中学に合格したと聞き、その顚末《てんまつ》を描いた四コマ漫画が、マイナーではあるが、学習塾の広報誌に掲載が決まったと顔を綻《ほころ》ばせていた。

「あ、そう言えば、娘にあのカイロを持たせたら、すごくカワイイって喜んでいたわよ。でも、試験会場では取り上げられたんですって」

いつだったか、もう忘れてしまったが、あのカイロを取りに七係に戻った早朝、重丸がすでに登庁していて驚いたことがあった。

後に有沢に聞いた話によると、重丸は、一昨年、自身が責任を取らされた事件で、負傷し後遺症のために警察官を辞めることになった元巡査の就職先を探し、面接にも同行し続けているのだという。『本人が、捜査に出られない体になったから警察にはいたくないって。メンタルのリハビリにも、係長は付き合っているらしいです』

仕事の他に、娘の受験、夫の世話、そして、後輩のリハビリ……。

やっぱり、重丸はトラ丸と呼ばれるだけのことはあるな、と真帆は思う。

手元の捜査資料を開く。

［東京西部連続殺人事件　改訂］とある。

年末まで現場の捜査に携わった事件だ。

府中専門学校生ストーカー殺人事件の資料にプラスされた物だから、かなりの厚さだ。

思わずため息が出る。午後までに読み、詳細を確認しなければならない。

現場で仕事をする切っ掛けとなった、あの麦の穂のイラストはまだあるのかとページを確認すると、すでに紙資料を作成し直したらしく、きれいに消えていた。

他はざっと目を通して、確認済みフォルダに素早く放り込んで、ひと息ついた。

二週間ほど意識不明だった安斎美央の容態は、少しずつだが快方に向かっているという。快復すれば、山辺殺害の共犯者としての取り調べが始まる。

章子の逮捕で、しばらくネット内がざわついたが、夫はその後のテレビ番組を降板し、マスコミから逃れるように海外に向かったと聞いた。

事件解決後、山辺千香に章子が自白したことを電話で伝えると、喜ぶ反面、複雑な声を出したことを思い出す。

『小磯さんは、あの母親の毒に、自分でも気付かないうちに魅せられていたのかもしれませんね……』

〈毒に魅せられる……か〉

真帆には全く理解できない感情のような気がする……。

「椎名くん、手が止まっているわよ。今夜は残業できないんだから、チャッチャとやっちゃいなさいよ」

はあい、と答える真帆に、有沢が今ではすっかり見飽きた皮肉っぽい笑みを向けた。

有沢の出向は半年間の予定だったが、犯人検挙の手柄が効いたのか、週明けには警察庁に戻ることが決まった。今夜は、その送別会が開かれることになっている。

「夜は豪華に焼肉だから、お昼は軽くしときなさいよ」

「お蕎麦《そば》でも取りましょうか？」有沢の声に重丸は顔の前でひらひらと手を振った。

「パス！　私、蕎麦アレルギーだって言わなかったっけ」

聞いてませんよ、と有沢はため息を吐き、そういうことは早めに……などとぼやいている。

こういう長閑《のどか》なやり取りも、もうじき終わりかと思うと、少し寂しい気持ちが湧いてくる。だが、真帆自身も、いつ新堂に引き戻されるか分からない。それまでは、退屈な事務作業に専念するだけだ。

「でも、椎名くん、意外に取り調べ上手だったわよ。新堂くんから聞いてたよりずっと。ま、そのうちまた現場に戻れるからそれまで頑張りましょう」と、また小学生の教師のような口ぶりの重丸に、真帆は力なく頷《うなず》く。

〈そのうちって、いつだよ……〉

その思いを感じ取ったのか、有沢が耳元でそっと囁《ささや》いた。

「そのうちじゃなく、またきっと一緒に現場に行けるような気がします」

送別会のメンバーは、この三人の他に、吾妻と多摩北署の平田にも声をかけている。

だが、途中から吾妻と平田は重丸に預け、有沢と二人だけで二次会に行く約束になっていた。

お互いに苦手意識が強く、今でも決して気が合うわけではない。

だが、真帆はもう気付いている。そして、おそらく有沢も。

私たちは、似た者同士かもしれない、と。

⌘

「ねえ、この着物、派手じゃないかしら？　やっぱりスーツにした方がいい？」

あれ程、博之の再婚に難色を示していた曜子が、朝から子どものように浮かれていた。

その胸の内は良く分からなかったが、おそらく曜子自身にも分からないのかも知れず、
今朝は、水晶玉を見つめることさえ忘れているようだった。

「本当に、還暦過ぎの再婚なんて……人騒がせな。まあ、博之も色々あって心配させら

れたけど、これで最後にして欲しいわ」

色々あった……。

曜子の言葉は、悠子の事件前の、真帆には覚えのない博之との夫婦関係のことを意味しているのだと感じた。

少し気になるが、今はやはり聞かなかったことにする。

真帆も散々迷った挙句、仕事用のスーツを着ることにした。

できれば、セーターにジーンズという、その「会場」に相応《ふさわ》しい格好の方が気楽で良かったのだが、曜子の許しが出なかった。「ウチがきちんとした親族だということを知っておいてもらわないと……だらしない格好で行ったら、博之に恥をかかせることになるじゃない」ということだった。

婚姻届に押印する儀式が行われる会場は、博之の妻になる女性が経営する大衆食堂だ。

真帆と曜子の家から徒歩20分。タクシーで行くなら数分の距離にある。

約束の時間は午後2時。

出席者が他にもいるのだろうが、真帆は良く聞いてはいなかった。

無関心ではないが、曜子ほど関心があるわけでもない。

博之の相手の女性は、「思ったより、いい人みたい」と、曜子から聞いていた。

それだけで十分だ。

美容院に向かうと言う曜子に、時間までには必ず行くと伝えて先に家を出た。

通い慣れた道を逸《そ》れ、多摩川の土手に上る。

思ったより風はなく、厚い雲の隙間から薄い光がいく筋も川面《かわも》に差し込んでいる。

桜並木にまだ花の色は無く、春先の冷たい空気が靴底から這《は》い上がってくる。

今日の休みのために、昨日は2時間ほど残業になった。

重丸と二人になっても、仕事の量は変わらない。

桜が咲く頃には、七係に都内の所轄署から異動してくる刑事がいると聞かされていた。

警察庁に戻った有沢とは予想外に距離が縮まり、今ではプライベートなメールの交換をするようになっているが、また新たな人間関係に悩むのかも知れないと思うと、少し憂鬱《ゆううつ》になる。

できれば早く荻窪東署に戻って新堂の下で働きたいのだが、当分は望めそうにないようだ……。

ジョギングをする初老の男が背後から抜き去って行く。

二十一年ぶりに再会した博之が、遠くから近付いて来たあの日を思い出しながら、ゆるゆると歩いて、約束の少し前にその店の前に立った。

商店やマンションが疎《まばら》に立ち並ぶ雑然とした場所だが、低いビルの一階に「りんどう」と書かれた看板があり、ガラスの引き戸の中に、紺地に白い文字が抜かれた暖簾《のれん》が入れられていた。

想像通りの店構えの中を、そっとガラス越しに覗《のぞ》いて見る。

コの字形のカウンターの隅の席に、博之の顔が見えた。他に客は見えず、博之はいつもより柔和な顔付きで何やら話している。

博之の視線を追うと、その店に相応しく、和服姿の細い背中が見えた。

途中の店で買った小さな花束を、もう一度見つめる。

店員は白いバラのブーケを勧めたが、気持ちにそぐわなかった。

少し迷い、カスミソウに決めた。

花言葉は知らない。

真帆は深く息を吐き、引き戸の取っ手に指をかけた。

本書は書き下ろしです。
本作はフィクションであり、登場する
人物・組織などすべて架空のものです。

圏《けん》外《がい》捜《そう》査《さ》

特命捜査対策室《とくめいそうさたいさくしつ》・椎名《しいな》真帆《まほ》

山邑《やまむら》 圭《けい》

令和4年 6月25日　初版発行
令和6年 12月10日　再版発行

発行者●山下直久

発行●株式会社KADOKAWA
〒102-8177　東京都千代田区富士見2-13-3
電話　0570-002-301（ナビダイヤル）

角川文庫 23216

印刷所●株式会社KADOKAWA
製本所●株式会社KADOKAWA

表紙画●和田三造

●お問い合わせ
https://www.kadokawa.co.jp/（「お問い合わせ」へお進みください）
※内容によっては、お答えできない場合があります。
※サポートは日本国内のみとさせていただきます。
※Japanese text only

ISBN 978-4-04-112539-7　C0193

角川文庫発刊に際して

角川源義

第二次世界大戦の敗北は、軍事力の敗北であった以上に、私たちの若い文化力の敗退であった。私たちの文化が戦争に対して如何に無力であり、単なるあだ花に過ぎなかったかを、私たちは身を以て体験し痛感した。西洋近代文化の摂取にとって、明治以後八十年の歳月は決して短かすぎたとは言えない。にもかかわらず、近代文化の伝統を確立し、自由な批判と柔軟な良識に富む文化層として自らを形成することに私たちは失敗して来た。そしてこれは、各層への文化の普及滲透を任務とする出版人の責任でもあった。

一九四五年以来、私たちは再び振出しに戻り、第一歩から踏み出すことを余儀なくされた。これは大きな不幸ではあるが、反面、これまでの混沌・未熟・歪曲の中にあった我が国の文化に秩序と確たる基礎を齎らすためには絶好の機会でもある。角川書店は、このような祖国の文化的危機にあたり、微力をも顧みず再建の礎石たるべき抱負と決意とをもって出発したが、ここに創立以来の念願を果すべく角川文庫を発刊する。これまで刊行されたあらゆる全集叢書文庫類の長所と短所とを検討し、古今東西の不朽の典籍を、良心的編集のもとに、廉価に、そして書架にふさわしい美本として、多くのひとびとに提供しようとする。しかし私たちは徒らに百科全書的な知識のジレッタントを作ることを目的とせず、あくまで祖国の文化に秩序と再建への道を示し、この文庫を角川書店の栄ある事業として、今後永久に継続発展せしめ、学芸と教養との殿堂として大成せんことを期したい。多くの読書子の愛情ある忠言と支持とによって、この希望と抱負とを完遂せしめられんことを願う。

一九四九年五月三日

角川文庫ベストセラー

刑事に向かない女　山邑　圭

採用試験を間違い、警察官となった椎名真帆は、交通課勤務の優秀さからまたしても意図せず刑事課に配属されてしまった。殺人事件を担当することになった真帆の、刑事としての第一歩がはじまるが……。

刑事に向かない女
違反捜査　山邑　圭

都内のマンションで女性の左耳だけが切り取られた絞殺死体が発見された。荻窪東署の椎名真帆は、この捜査でなぜか大森湾岸署の村田刑事と組まされることになる。村田にはなにか密命でもあるのか……。

刑事に向かない女
黙認捜査　山邑　圭

解体中のビルで若い男の首吊り死体が発見された。男は元警察官で、強制わいせつ致傷罪で服役し、出所したばかりだった。自殺かと思われたが、荻窪東署の刑事・椎名真帆は、他殺の匂いを感じていた。

コールド・ファイル
警視庁刑事部資料課・比留間怜子　山邑　圭

初めての潜入捜査で失敗し、資料課へ飛ばされた比留間怜子は、捜査の資料を整理するだけの窓際部署で、鬱々とした日々を送っていた。だが、被疑者死亡で終わった事件が、怜子の運命を動かしはじめる！

THE NEXT GENERATION
パトレイバー①　佑馬の憂鬱　監修／押井　守　著／山邑　圭

警視庁警備部特科車両二課——通称「特車二課」は、存続の危機にあった。総監の視閲式で、特車二課の二機のレイバーが放った礼砲が、式典を破壊する事件が起きたのだ。そんな中、緊急出動が命じられた！